新・入り婿侍商い帖

お波津の婿(二)

千野隆司

角川文庫
23381

目次

主な登場人物

善太郎　角次郎の息子。角次郎より家督を譲られ、五月女家の当主になるが、隠居して縁戚の昌三郎に家督を譲る。羽前屋に入り婿する。

お稲　羽前屋の跡取り娘。火事で両親を亡くし、お万季が母親代わりとなった。善太郎と結ばれ、お珠をもうける。

角次郎　米問屋・大黒屋の主人。旗本五月女家の次男だったが、入り婿した。兄・角太郎が殺された事件をうけ、一度実家に戻り勘定組頭となったが、事件を解決し再び大黒屋へ。

お万季　角次郎の妻。書の天稟がある。

お波津　角次郎の娘。善太郎の妹で、大黒屋の跡取り。

蔦次郎　米問屋・戸川屋の次男。お波津の婿候補の一人。

正吉　札差・井筒屋の手代。お波津の婿候補の一人で、大黒屋に修業に来ている。

寅之助　旗本大村秀之助の家臣。商いに関心があり、羽前屋で手代として預かっている。

嶋津惣右介　南町奉行所の定町廻り同心。角次郎とは共に赤石道場へ通った剣友同士。

第一話　賊徒五人

一

　十一月二十七日の昼下がり、湿った川風が日本橋川(にほんばしがわ)河岸の道を吹き抜けた。冷たい風で、道行く者は背を丸めた。足早になっている。

　空からぽつりぽつりと雨が落ちてきた。河岸の道に並ぶ商家は、薄闇に覆われていた。道端に置かれていた荷を、小僧が慌てて店の中へ移し始めた。

「本降りになりそうな雲行きだねえ」

　通りかかった中年の女房が言って、傘を差した。片手には、買ったばかりの米袋を抱えている。日本橋小網町(こあみちょう)二丁目の小売りの米屋喜音屋(きねや)で、一升を買ってきたところだ。

「ありがとうございました。いらっしゃいませ」

喜音屋の店先では、小僧たちの声が響く。天候に関わりなく、客の出入りが多い店だった。奉公人たちは、きびきびと動いていた。店の出入り口には、正月用の餅の注文を受けるという紙が貼られている。

南町奉行所の定町廻り同心嶋津惣右介はその店の前を通り過ぎ、脇の路地に入った。喜音屋の倉庫が店の建物と繋がっている。

黒羽織を脱いで、目立たぬようにしていた。

板塀にある裏木戸を開けて、中へ入った。台所口から、主人の喜利衛門を呼んだ。

「どうぞ、奥へ」

待つほどもなく現れた喜利衛門は、丁寧に頭を下げてから手招きをした。四十をやや過ぎた年頃で、鬢に白髪が交じり始めている。界隈ではやり手の商人として、月行事を務めることもあった。

それがだいぶ緊張した面持ちだ。

「どうも怪しい。不審な動きをする者が、この店を探っている。それも一人や二人ではないぞ」

庭に面した奥の部屋で向かい合って座ると、嶋津は言った。雨が降り出してきて、手入れの行き届いた樹木を濡らし始めた。

　女房のお楽が、茶菓を運んできた。そして部屋の隅に腰を下ろした。話の内容が、気になる様子だった。

「やはり」

　喜利衛門は肩を落とした。お楽も案じ顔だ。

　そもそも不審な者が店を探っている気配があると告げてきたのは、喜利衛門の方からだ。この日本橋界隈は、嶋津の町廻り区域である。喜利衛門は町の旦那衆の一人で、店は繁盛していた。

　家作も少なからずあって、分限者と呼ばれている。

　盗賊に襲われる虞が、ないとは言えない。そこで数日にわたって、土地の岡っ引きや手先に見張らせた。

　すると毎日のように不審人物が現れるのに気がついた。用もないのに店を探るようにし、小僧や周辺の者に声掛けをした。さりげない口調で話しかけ、喜音屋の商いについても問いかけた。

「ずいぶんたくさん仕入れているようだ。どれくらいの量になるのかね」

「どこから仕入れをしているんだい」

話しかけられた小僧たちも、睨まれたら怖いと感じるかもしれないが、相手はたいていにこやかだった。ただ昨日も、三日前も見かけたという者がいた。そうなると、やはり怪しい。

「そこでな。手先が、三度見かけた遊び人ふうをつけた」

「はあ」

「つけたことに、気づいたのかもしれぬ。まかれた。疚しいことがなければ、そのようなことはいたすまい」

「まことに」

喜利衛門とお楽は、ため息を吐いた。戸締りなどは万全にしているが、盗賊が何をしてくるかは考えもつかない。

「仕入れ先の大黒屋への支払いは、月末の二十九日であったな」

本所元町の米問屋大黒屋が、喜音屋の仕入れ先だ。十一月は小の月で、二十九日が月末となった。

「さようで。支払いの金子は、集金をしていますので今日二十七日と明日二十八日で、おおむね調います」

「他にも店には、貯えの金子があると言ったな」

「はい」

大黒屋への支払いは百七両だが、喜音屋は十数軒の家作を持っていて、毎月家賃が入る。表通りの店や長屋もあった。

常に店には、七、八十両ほどが置かれているといううわさもあった。今日も、それなりの入金があったはずだった。

「きっちりと申さねば、守り切ることはできぬぞ」

と告げて、言わせる。額が大きければ、どうしても町奉行所の対応が変わる。捕り方の数を増やせた。

「今夜の段階では、店にあるのは百十両ほどとなります」

明日の晩までにはさらに集金が進んで、合わせて二百両を超える。何もなければいいが、喜利衛門は襲われる虞を感じた。周到な調べをしていると見たからだ。

「どうぞ、盗賊を捕らえてくださいまし」

これが喜利衛門の依頼だった。

一月前には、二人組の盗賊が本所の蠟燭屋へ押し込み、三十一両を奪う事件が起こった。町奉行所で探索を続けているが、まだ捕らえられていない。盗賊が誰かの特定もできていなかった。

「その者たちではないでしょうか」

喜利衛門はそう言って、体を震わせた。二人組の盗賊は、逆らった主人を匕首(あいくち)で刺し、重傷を負わせた。

「確証はないにしても、やはり備えた方がよさそうだ」

盗賊は、他にもいるだろう。

「入るとしたら、今夜でしょうか。明日の夜でしょうか」

おろおろしている。日頃の落ち着いた様子は、すっかりなくなっていた。

「明日も入金があり、明後日(あさって)には支払いがあるわけだな」

「はい。大黒屋さんとその他で、百四十両ほどの払いです」

「すると二百両が、明後日の夜には六十両ほどになるということか」

「さようで」

「たいがいの者ならば、明日の夜が一番金があると考えるであろうな」

明日も入金があり、明後日に支払いがあることは、店の者ならば小僧も知っていた。また支払先を調べて聞き込んでいたら、探れないとはいえないだろう。

「ではこれから、目立たぬように迎え撃つ支度を始める」

「お願いいたします」

喜音屋を守るためだけではない。凶悪な盗賊を、この機に捕らえてやろうと嶋津は考えていた。

そこで念のため、建物の中を検めて店の者の名と寝場所を確認した。

「常は、私とお楽、それに倅の喜助、ほかに奉公人が六人おります。跡取りの喜助は二十一歳で、女房はいません。それに今は、嫁に出た娘のお多代が、お産のために里帰りをしています」

奉公人は五十一歳の番頭万兵衛、それに手代一人と三人の小僧がいた。さらに三十三歳の女中のおまつがいると伝えられた。

話している横を、飼い猫が一匹歩いて行った。

「万兵衛だけは、外に家を持っております。ですが万一に備えて、今晩と明晩は、こちらへ泊まることになっています」

「慎重だな」

「はい。明日は百両ほどが入ります。まあ念を入れて、今夜から泊まることにいたしました」

大金の支払いがあるときには、いつもそうしているのだとか。

入金の流れを踏まえれば、襲撃は明晩だと考えられる。いかにも忠実な番頭らしい考えだと受け取った。

喜音屋の取引先である米問屋大黒屋は、嶋津にとっては知らない店ではなかった。主人の角次郎とは昵懇だが、あえて知らせることはしなかった。あくまでも喜音屋の問題である。

角次郎は元旗本で、共に直心影流の赤石道場で剣の修行をした。今でこそ身分や境遇は変わったが、親しい付き合いを続けていた。

今の段階で襲撃の虞があると知っているのは、嶋津のほかには岡っ引き益次郎、主人喜利衛門とお楽、倅の喜助、番頭万兵衛の五人だけだ。夜に店を閉めてから、喜利衛門が奉公人たちに伝えることにした。

「いいか、賊に逆らってはならぬ。誰であっても、命は大切だ」

「それはもう」

「蟻の這い出る隙間もないほど包囲をするからな。案じるな」

金は、奪わせない。嶋津は目立たぬように人数を揃え、今夜から捕り方を両隣の家などに置くことにした。梯子や捕物道具、松明や篝火、高張提灯や龕灯の用意もする。舟で逃げることも考えて、逃走を妨げる舟の手配もすることにした。

現れた不審な者の様子から、一人や二人の押し込みではなさそうだ。徒党を組んでの押し込みを謀るなど、言語道断だ。

「ただ捕り方は、喜音屋の敷地には入らぬ。怪しまれるからな」

こちらの対策のおおよそについては、喜利衛門にだけ伝えた。

今日も、河岸道で見張りをしていた手先に訊いた。

「怪しい者は、現れなかったか」

「不審な者は、三人でした。その内二人は、前にも顔を見た者です」

つけようとしたが、少し目を離した隙にいなくなったとか。一応含んでおく。他にもこちらが気づかなかった者がいたり、不審に見えても盗人ではない者がいたりするかもしれない。本所の蠟燭屋に押し込んだ賊と同じ者かどうかは不明だ。

雨の中を、川風が吹き抜けた。十一月下旬は、夕暮れ近くになるとめっきり冷えてくる。人通りも少なくなった。

二

お波津は、厚い雲に覆われた空を見上げた。今にも、雨が落ちてきそうだ。それでも泊りで出かける支度を済ませた。

百文買いで来た客の愚痴を聞いて、帰らせたところだ。

大黒屋は、年に七千俵を商う大店の米問屋だが、百文を握りしめて買いに来る小口の客にも米を売った。これを受け持つのが、跡取り娘のお波津だった。

店の帳場では、一番番頭の直吉と手代の正吉が帖付けをしている。新米の支払いが近づいていた。

掛取引の場合、支払いはおおむね十二月になってからだが、十一月中のところもあった。二番番頭の嘉助や手代たちが受け取ってきた金子を、商い帖に書き入れていかなくてはならない。

明後日には、卸先の喜音屋から秋の新米の代金百七両が入る。十一月の入金としては大口だ。

その金は、仕入れ先の一部の農家に支払われる。新しい年を迎えるにあたって、農家にとっては大切な金子となる。仕入れ先を大事にする大黒屋では、一文の銭もおろそかにはしない。

大黒屋は、元は間口二間半の舂米屋だったが、家禄三百五十石の旗本五月女家から婿に入った角次郎が、間口五間半の今の店にした。角次郎とお万季の夫婦には善太郎という男児がいるが、今は深川今川町の米問屋羽前屋の婿に入っていて、大黒屋は娘のお波津が婿を取って継ぐことになっていた。

羽前屋は五千五百俵を超す商いをしているから、二つの店は、本所深川の米商いの中では知らぬ者のない店になった。

顧客が現れると、正吉が手にしていた算盤を置いて相手をした。札差井筒屋の手代だったが、大黒屋で米商人の修業をしていた。なかなかのやり手だ。角次郎やお万季が、大黒屋の婿になりうる者の一人として預かっていることは、お波津も承知していた。

話をして心ときめくことはないが、商人として角次郎が評価している理由は分かった。帖付けだけではなく、よく動いた。

余計な世辞は口にしないが、短い間で顧客の心を摑んだ。

「あの人は、今何をしているだろう」

正吉の働きぶりを見ながら、お波津はふと考える。一度は祝言を挙げてもいいと考えた銀次郎のことだ。しかしそれを思い出しても、どうなるものではなかった。首を振って、浮かんだ顔を払いのける。

角次郎やお万季が大黒屋の婿にどうかと考えている者は、二人いた。一人は正吉で、もう一人は蔦次郎という者だ。

蔦次郎は、京橋南紺屋町の大店の米問屋戸川屋の次男坊だった。婿になろうとする気持ちだけでなく、お波津にも関心を持っていた。会えばなにくれとなく話しかけてくる。商いの話しかしない正吉とは、まるで違った。

とはいっても、蔦次郎に気持ちが引かれているわけではなかった。角次郎とお万季が決めた相手と一緒になるつもりだった。

そのことに不満はない。

「じゃあ、行ってきますよ」

「気をつけてね」

お波津は着替えと洗面具の入った風呂敷包みを抱えて、角次郎とお万季に見送られて大黒屋を出た。

大黒屋を出て間もなく、ぽつりぽつりと雨粒が落ちてきた。足早になった。

向かう先は日本橋小網町の喜音屋である。出産のために婚家から戻ってきたお多代と、一晩枕を並べて過ごそうという約束だった。

二人は幼少から、蔵前の名筆長谷川洞泉のもとへ書の稽古に通っていた。ここではお万季も、修業をした。

お波津とお多代は幼馴染であり、稽古仲間として親しく行き来をしていた。問屋と小売り、という関係もあった。嫁入る前には、お多代が大黒屋へ泊りに来たことがあった。

　昨年お多代は、芝の呉服屋川路屋へ嫁入った。そうなると、会う機会は減った。そしてお多代は、あと半月ほどで赤子を生むという状況になった。

　生まれてしまえば、お波津と会うどころではなくなる。半月も前に話を決めて、この日が来るのを楽しみにしていた。お多代は母お楽の許しを得ているし、お波津はお万季に話した上での外出だった。

「これからは、前のように気楽には過ごせなくなるからね」

　親しくしていた者は、一人二人と嫁いでいった。銀次郎も祝言を挙げた。自分ももうじき、娘ではなくなる。ほんの数年前のことがとても昔のように感じて、目にする世界が変わった。

　もう戻ることはないという感慨が、胸に浮かぶ。

　姉妹のように育ち、喜怒哀楽を共にしたお稲は善太郎と祝言を挙げた。今では子もできて、羽前屋のおかみとして落ち着いて暮らしている。自分もああならなくてはと感じるのだ。

「ごめんなさいまし」

お波津が喜音屋に着いたのは、そろそろ夕暮れ時といっていい時分だった。雨はすでに傘を差さなくてはいられないほどになっていた。

「おや、お波津さん」

店に入ると、主人の喜利衛門は驚きの顔をした。泊りに来ることを忘れていたらしい。

「いやあ、今日はちょっと」

いつもは愛想よく迎えてくれたが、今日はしぶる顔をした。

「万一、何かがあったら」

と続けた。

「お波津ちゃん、足元が悪い中をよく来てくれたね」

声を聞きつけたお多代が、姿を見せた。歓迎する様子だ。前に会ったときよりも、お腹が大きくなっている。

今夜を、楽しみにしていたのである。そこへ嶋津も顔を見せた。

「どうしてここに」

嶋津は驚きの声を発したが、お波津も魂消た。嶋津はお波津を、姪のように可愛がってくれていた。

定町廻り同心だからどこにいてもおかしくはないが、黒羽織を脱いで、奥の部屋から出てきた。不審を抱いたお波津は、嶋津と二人だけになって、誰にも口外をするなと口止めされた上で事情を聞いた。

「厄介な話だから、引き上げた方がいい」

というのが、嶋津の意見だった。しかしそのときには、氷雨が強く降り始めていた。閉めた雨戸を叩いてくる。

「こんな雨では、賊もためらうのでは」

帰るのもおっくうだという気持ちがあった。それに大口の大黒屋へ支払うのは明後日だと分かっていた。

「そうだな。大口の入金が、明日はある」

「では何かあるにしても、明日の夜では」

お波津は軽く考えて言った。どこかに、本当に盗賊が入るのかと信じきれない部分があった。また何かあるなら、身重のお多代の力になりたい気持ちもあった。

「仕方がねえな」

嶋津は納得した。喜利衛門も承知をした。警戒はしていても、皆、襲撃があるとしたら、金が多い明日だろうと考えている気配だった。今夜と明夜では、店にある金高は倍ほども違う。

食事を済ませ、お波津とお多代は寝床を並べて敷いた。

「私、明日はおっかさんの実家に泊まるの」

「やっぱり明日は、怖いわね」

万に一つでもお腹の子に何かあったら、悔やんでも悔やみきれない。お楽もお多代に付き添って、一晩、実家へ帰るのだとか。

お腹を触らせてもらう。大きくて、じっとそのままにしていると、ぴくりと動くのが分かった。

「ああ、一人の命が宿っている」

覚えず言葉が出た。

「うん、ほんと」

お多代も、お腹に手を当てた。毎日そうやって、赤子のことを考えているに違いない。

「いつ産気づいてもおかしくないくらい、大きいね」

「うん。でも産婆さんは、あと半月だって」

答えるお多代の笑顔がまぶしい。

「それで幼馴染が母になる」

お波津は胸の内で呟いた。

三

お波津とお多代の間で、おしゃべりに花が咲く。立ち話程度はしていても、じっくり話すのは久しぶりだ。

二人だけの食事が終わっても、話は尽きない。

暮れ六つの鐘が鳴ってから、すでにだいぶたつ。しばらく本降りだった雨が、ここへきてようやく収まってきた。気がつくと、雨音が聞こえない。

お多代は、お波津の婿になりそうな者の話を聞きたがった。銀次郎の話に触れないのは、気遣いだと受け取った。名が挙がっている二人について、大まかなところを話した。誰かに聞いてもらいたい気持ちもあった。

「戸川屋の蔦次郎さんならば知っている」

「あらそう」

「商いに熱心だっていうし、男前じゃない」

戸川屋は大店だから、喜音屋にいても噂を聞く。何かの折に、店先にいる蔦次郎の顔を見たのだとか。

「そうかしらねえ」

気のない言葉が漏れた。男前だからといって、胸が騒ぐわけではない。銀次郎だって、男前ではなかった。

「蔦次郎さんは、少し甘いところがあるような」

悪い人ではないが、短所を探してしまっている。

「初めは、誰だってそう。でも段々と、ちゃんとした商人になってゆく。それに、戸川屋さんの血筋というのも大きいんじゃないかしら」

「それはそうだけど」

今後の商いに有利かどうか、年頃の商家の娘なら誰でも考える。

「商いだけで考えたら、正吉さんの方が腹が据わっている。あの人は、お武家相手でも怯まない」

「大黒屋のためには、よさそうね」

「でもそれだけ。私のことは、何も知ろうとしない」

「味気ないね」

「うん。私には関心がない。商いの話ばっかり」

「じゃあ、蔦次郎さんで決まりじゃないの」

煎じ詰めるとそうなるが、だからいいという気持ちにはならない。そこが不思議だった。

「まだ決まりじゃない。だって、新たな話も出てくるかもしれないし」

「そういえばそうね。もっといい人が」

二人で笑った。

「お多代ちゃんは、文蔵さんと睦まじくやっているんでしょ」

「まあ」

「羨ましいわね」

文蔵は芝の老舗の呉服屋の若旦那だ。望まれて祝言を挙げたと聞いている。

耳を澄ましても、もうまったく雨音は聞こえない。話し声も聞こえなかった。いつの間にか、夜も更けたらしかった。楽しいときが過ぎるのは、あっという間だ。

明かりを消そうとしたとき、庭で何か物音がした。水溜まりを踏む足音だ。どきりとして、二人は顔を見合わせた。

「何だろ」

耳を澄ましたが、それきり音は消えた。家の中で、誰かが起き出した気配はない。

「そろそろ寝ましょうね」

怖くなって、お波津は言った。明かりを消そうとしたそのときである。離れたところで、戸板が外れる音がした。誰かが、無理やり剝（は）がした音だ。

「ひっ」

お多代が、小さな悲鳴を上げた。まさかが、本当になったと悟ったからにちがいない。

お波津の体も震えはじめた。

お多代がお波津の体にしがみついてきた。震えている。

「大丈夫だよ」

お波津は自分の怖さを押し殺して、手を握ってやった。

離れたところで、乱れた足音が聞こえた。一人や二人ではなさそうだ。乱暴に襖（ふすま）を開ける音が混じった。

「わっ」

という悲鳴に近い小僧の声。どしんという音は、小僧が尻餅（しりもち）をついたからか。刺されたりしていなければと願う。

乱れた足音は、喜利衛門の部屋へ近づいた。

「お、押し込みだ」

手代が遠くで、声を上げている。外へ知らせるためで、前から決めていた。お波津も声を上げようかと思ったが、止めた。ここに女がいると気づかれるのはまずいと考えたからだ。

慌てて明かりを吹き消した。

時折話し声と、足音が響く。喜利衛門の声か、万兵衛か。

お波津は息を吞んで、闇の中でじっとする。こうなったら、お多代の身を守ることを第一にする覚悟だ。

嶋津の話では、喜利衛門らは、逆らわずに賊らに金箱を渡す段取りになっていた。奉公人たちは、賊に歯向かわない。自分の命を大事にさせる。

叫び声を聞いた捕り方は、ただちに捕縛の態勢を取り、動き始めているはずだった。今日から、両隣に潜んでいる。

「だったら、もう少しの辛抱」

お波津は自分に言い聞かせた。さっさと金を奪って、ここから逃げてほしい。それが願いだ。

「うわっ」

悲鳴が聞こえた。喜利衛門の声か。どきりとしたが、声を出さぬように掻い巻きで口を押さえた。しがみついてくるお多代の手に、力がこもっていた。

もし誰かが刺されたのならば、まだ他にも、同じようなことが起こるかもしれない。乱れた足音が廊下に響いた。

こちらへ近寄ってくる足音もあった。心の臓が、激しく音を立てている。早く捕り方が出てほしかった。

襖が開かれた。いきなり龕灯で照らされた。賊だと分かるから、心の臓は張り裂けそうになった。

「女か」

気づかれた。冷ややかな声だ。踏み込んで来ようとしたが、背後から「引くぞ」という声がかけられた。

「ちっ」

賊は舌打ちをした。乱れた足音が、お多代の部屋から離れた。賊は、少なくとも三、四人はいる気配だった。

賊たちが外に出て行く。金は奪い取ったらしい。

　このとき、そう遠くないところで呼子の音が鳴り響いた。

「現れたぞ」

　という声。周辺に駆け寄ってくる足音は、数人ではない。裏通りだけでなく、表通りの側からも聞こえてきた。怒声も混じっている。

　お波津はほっとした。嶋津や捕り方が動いているという安堵だ。

　棒や金属がぶつかる音。それに絶叫も混じっていた。それは賊か、捕り方のものか。

「賊を捕らえてほしい」

　お波津は祈った。そして賊のいるときに上がった喜利衛門らしい悲鳴のことが気になった。刺されでもしていたら、とんでもないことになる。

「様子を見てくる」

　お波津がささやくと、しがみついていたお多代が、手を離した。お多代も気になっていたようだ。

　お波津は忍び足で、部屋を出た。まだ建物の中に賊が残っているかもしれない。

　廊下は暗いが、部屋の一つに明かりが灯っていた。近づこうとしたとき、また庭に乱れた足音が響いた。それが近づいてくる。

お波津は慌てて、お多代の部屋へ戻った。

どうなっているか、状況が分からない。男の叫び声が耳に入るが、何を言っているのか聞き取れなかった。もう一度見に行こうとすると、お多代が全身でしがみついてきた。体の震えから、その恐怖が伝わってきた。

お多代は出産を間近に控えている。守らなくてはならないのは、己の身だけではない。お波津は、動くのを止めた。

四

嶋津は、暮れ六つの鐘が鳴ったときには、喜音屋の右隣の足袋(たび)屋へ入っていた。このとき雨はまだやんでいなかった。

河岸道には人通りが少なく、七つくらいにはすでにすっかり薄暗くなっていた。皆傘を差しているから、人を見分けにくい。

通り過ぎる者に、目を凝らした。

岡っ引き益次郎と捕り方五人を従えている。左隣の乾物屋にも若手の定町廻(じょうまちまわ)り同心井坂新之助(いさかしんのすけ)と五人が潜んでいた。

また裏手の長屋にも五人、そして日本橋川の河岸には六人、舟での逃走を防ぐために二艘に三人ずつを乗せて川面に控えさせていた。三十人態勢で、待機をしていたのである。

「冷てえ雨ですね。こんな日に、わざわざ押し込んできますかね」

益次郎が、手をこすりながら言った。吐く息が白い。

「まあ、明夜だろうがな。念には念を入れねばなるまい」

喜音屋に異変があれば、すぐに動ける態勢になっていた。交代で眠る。襲ってくるならば深夜だろう。

五つを過ぎる頃になって、雨が止んだ。風も止んで、少し凌ぎやすくなった。嶋津は隣の喜音屋との境になっている板塀に目をやっていた。

そこに裏木戸がある。内側から閂がかけられている。店では小僧の役目になっていて、忘れることはない。

「はて」

塀際、何かが動くのが見えた。大きさからして、犬や猫ではない。人影が二つだ。嶋津は、潜んでいる者たちに手で知らせた。

一同は、固唾を呑んで見詰める。

影の一つが、塀に両手をついて腰をかがめた。もう一人が、その肩を踏み台にして塀を乗り越えた。軽い身ごなしで、あっという間だった。音も立てなかった。すぐに内側から閂が開けられたらしく、木戸が開いた。すると他からも黒い影が現れた。

次々に敷地の中に入った。そして戸が閉められた。

「しめて五人だな」

嶋津は、益次郎や捕り方に再び手で合図をした。一同、建物の外へ飛び出した。配下の捕り方のうちの二人は、他の潜んでいる者たちに知らせる。嶋津らは、足音を潜めて木戸の入り口まで行って戸を押した。木戸には閂がかかっていなかったので、中の様子が見えた。

がたりと音がして、賊が建物の雨戸を外したのが分かった。五人はそこから、素早く建物の中に入り込んだ。

乱れた足取りがあり、「わっ」と叫ぶ声も聞こえた。

「お、押し込みだ」

手代が叫んでいる。賊が押し入ったら、そう伝えろと命じていた。

「ゆくぞ」

嶋津は腰の十手を引き抜くと駆け出した。開いたままになっていた雨戸の前まで駆け込んだ。益次郎ら配下も続いた。

「うわっ」

という男の悲鳴が聞こえた。こうなったら、容赦はしないつもりだった。死傷者を出してはならないという決意があった。

表戸の方でも、足音が響いている。捕り方のものだ。闇の中で、待機していた者たちが建物に近づいた。

「ああ」

意気込み過ぎて、水溜まりで足を滑らせる者がいた。雨は止んでも、あちこちに水溜まりができている。暗いから分からないが、かまわず進んだ。

ここで呼子の音が鳴った。押し込みを知った井坂が鳴らしている。

捕り方は、開かれた木戸から庭へなだれ込んだ。すでに嶋津と益次郎が飛び込んでいた。ここで龕灯や松明を手にした捕り方が現れた。

他の者も建物内へ押し込もうとしたとき、盗賊が飛び出してきた。龕灯で照らす。賊は五人いた。ここで高張提灯も立てられた。隣家の者が立てたのである。

庭は一気に明るくなった。

「外へ出たぞ」

「かかれ」

捕り方が、賊たちに打ちかかる。だが賊たちは、素早い動きをした。

「うわっ」

賊の長脇差で斬られた捕り方がいた。賊たちは、死に物狂いといった様相で打ちかかってくる。突棒や刺股を巧妙に避けてゆく。喧嘩慣れをしていた。

それで捕り方は怯みを見せたが、新たな捕り方が現れた。表にいた者たちが回って来たのである。

数ではかなわない。

「一人たりとも、逃がすな」

嶋津が叫んだ。賊たちを押し返した。それで動きが変わった。賊は外へ出ることをあきらめたらしく、建物の中に逃げ込んだ。

「そうはさせぬ」

建物の中には、喜音屋の者たちやお波津がいる。

駆け寄ったが、あと一間半というところで、賊の一人が羽交い締めにした番頭の万兵衛を連れて姿を見せた。長脇差の切っ先が、首に当てられている。

万兵衛の顔は、恐怖に引き攣っている。

「引け。敷地から出て行きやがれ。出ないと、こいつの命はないぞ」

叫んだ。捕り方の動きは止まったが、すぐには引き下がらない。睨み合いになった。

賊は、万兵衛の首に当てた切っ先を動かした。浅くだが、血が染み出た。その様子は、高張提灯や龕灯が照らしている。

「やつは、本気だ」

賊は顔を黒布で覆っている。しかし醸し出す気配で、本気でやると悟った。人質は万兵衛だけではない。

「分かった。手荒な真似はよせ」

悔しいが、応じざるを得なかった。捕り方は敷地から出た。

「おまえもだ。明かりも消せ」

嶋津は、高張提灯を引き上げさせた。松明も、この場から持ち去らせた。庭は前と同じ、闇に覆われた。

それで賊と万兵衛が奥に引っ込んだ。

外されていた雨戸が、内側から閉じられた。中の動きは見えないが、家の中の明かりが灯ったのが見えた。

「もうちょっとしたら、他のいくつかの場所から押し込みましょう」

益次郎が言った。悔しいが、それしかなさそうだ。表裏から攻めれば、活路が開けるかもしれない。

しかし少しして、雨戸に釘を打つ音が聞こえてきた。

「何をしていやがるんだ」

捕り方の一人が声を上げた。

「内側から、板を打ち付けているみてえだぞ」

他の者が応じた。

「何のためだ」

「こちらが、押し込めねえようにするためじゃねえか」

「ううっ」

捕り方たちは、呻いた。こちらの動きを先取りしている。せっかく追い詰めながら、建物の中にこもられてしまった。

「番頭や他の者は、大丈夫でしょうか」

「何もしなければ、殺しはしないだろう。人質だからな」

「ふざけやがって」

益次郎は罵った。

中には身重のお多代とお波津もいる。嶋津は気休めを口にしたが、甘いやつらだとは考えていなかった。

二人をここに置いたことを後悔した。押し込みは明日だと踏んでいたが、裏をかかれた。

すると二階の窓が開いて、黒装束の賊が声を上げた。先ほど万兵衛の首に刃先を当てた者だ。

「表の河岸道から、捕り方をすべて引かせろ。そして舟を三艘用意しろ。そうでないと、喜音屋の者を殺すぞ」

「今は、無事なのだな」

「もちろんだ、十一人いるぜ」

お波津も入れて、人数は合っていた。人質になる者を、検めたらしかった。

「皆が無事であることを示せ。それからだ」

「そんな手間を、かけられるか。今すぐだ」

こちらの話を受け入れる気配は、微塵もなかった。

「一人、殺してやれ」

という声が、奥から聞こえてきた。気の荒い者がいるらしい。

「分かった、どかせよう」

嶋津は、そう答えるしかなかった。奥歯を噛みしめた。ただ言われたとおりにして、逃がすつもりはない。

「見えぬように人を伏せさせろ」

益次郎に命じた。

「へい」

「いずれ人質を連れ出すだろうが、すべてではないだろう」

それならば、かえって捕らえやすいかもしれなかった。舟を使うのであれば、ここから船着場まで、人質と共に移らなくてはならない。

五

冷たい風が、日本橋川の川面を吹き抜けた。嶋津は、闇の船着場を検めた。もう何度も、ここには立っている。

「中には、身重のお多代がいる。これを連れ出されると、面倒なことになるぞ」

「冷えますからね。それに一波乱はあるでしょうから」

益次郎が応じた。身重の女は、躓(つまず)いて転ぶだけでも怖い。嶋津にも娘がいる。難産でおろおろした。出産は、ただ事ではない。

「おおい、答えろ」

河岸の道に立った嶋津は、閉じられた建物に向かって声を上げた。

「何だ」

四度目、ようやく返事があった。二階の窓が開けられた。

「捕り方の姿が、まだ見えるぞ」

賊は言った。これまで何も告げてこなかったが、こちらの動きを探っているのは間違いなかった。

「それはすぐにどかせる。ただ一つ、どうしてもしてもらわなくてはならぬことがある」

「何だ」

「人質を連れ出すのは、止めてほしい」

「それはできねえな」

即答だった。人質さえなければ、一網打尽だ。賊たちも、それは分かっている。

「ならば女ではなく、男にしてほしい」

「ふん。そんなことは、こちらの勝手だ」

鼻で笑った。

「身重の女がいる。これに冷たい夜風を当てるわけにはいかない」

「そんなこと、知るか」

「いや、出したら死なせることになる。赤子共々な。その方らは、罪を重ねる」

「……………」

「それを約せなければ、包囲を解くことはない」

断言した。犠牲者は出さない決意だ。

「うるせえ」

賊はそう返すと、二階の窓を閉じた。仲間と相談か。

嶋津はここで、奉行と年番方与力河崎平左衛門と、大黒屋へ人を走らせた。状況を伝えたのである。解決は長引くとの判断だった。

真夜中、大黒屋の戸を叩く者がいて、角次郎は目を覚ました。何かあったらしい。

羽前屋か、お波津の身に何かあったのか。

　小僧が戸を開けると、息を切らせた男の声が聞こえた。日本橋小網町の岡っ引き益次郎の手先だと告げている。

　角次郎とお万季は、店の板の間まで出た。

「とんでもないことになって」

　水を飲ませてやってから、喜音屋での押し込みの件を聞いた。

「人質を取って、閉じこもったわけだな」

「へい」

　奉公人たちも、顔を揃えた。驚きを隠せない。

「捨て置けませんね。こちらからも、人を出しましょう」

　番頭の嘉助が言った。お波津の身を案じてのことだ。他の奉公人たちが頷いた。

眠気など、吹き飛んでいる。

「お波津さんは、無鉄砲なところがありますからね」

　これは直吉の言葉だ。大黒屋で暮らす者ならば、誰もが分かっていることだ。

「ともかく行こう」

「ならば、私をお供に」

真っ先にそう告げたのは正吉だった。決意の表情だった。表には出さないが、婿候補だという気概があるのかもしれない。続けて声を上げた者もいた。

「では、正吉と二人で行こう」

角次郎は答えた。明日も、店は開けなくてはならない。掛け取りなど、奉公人にはそれぞれ役目がある。

小網町へは竪川から、大黒屋の舟で向かう。二人とも、長脇差を腰に差した。抜かずに済むことを願った。


角次郎と正吉を乗せた舟が、大川を越えて日本橋川へ入った。町明かりはすでに少なく、川面を進む舟はたまに見かけるだけだった。冷たい川風が、体に突き刺さってきた。

「やはり来たな」

角次郎の顔を見ると、嶋津は言った。来ることを、期待している気配もあった。

角次郎は正吉と共に、ここにいたるまでの詳細を聞いた。

「賊は五人か」

「そうだ。何人もの捕り方が目にした」

「歳の頃は」

「龕灯で照らしていたが、はっきりしない」

若い者もいるが初老の者もいそうだとか。ただ身ごなしは、皆素早かった。

「賊が何者か、見当がつかないのか」

通りがかりの者が、たまたま目について襲ったとは考えられない。

「半月ほど前から、何人かの不審な者が探りに来ていた。店の者が主人に訴えて、おれのところに見張りを頼みにやって来た」

だからこそ、襲撃を事前に察知できた。町内で素行のおかしい者は、洗い出していた。

「しかし賊は皆、余所者だったわけだな」

「そうだ」

「だとしても、賊に喜音屋の内証や事情について、伝えた者はいるのではないか」

ただそれは摑めていない。五人の名も分からなかった。年齢は十代後半から五十代前半までという見当だ。

賊ではない者の悲鳴が上がっている。重傷を負っているのかどうか、それは分からない。

「お多代さんを人質として連れて行かないという件は」

「まだ返答はない」

「五人の考えが、纏まらぬのではないか」

「うむ」

嶋津は返答ができない。

「そもそも五人は、堅固な仲間なのか。それとも烏合の衆なのか」

この違いは大きい。烏合の衆ならば、乱れを衝くことができる。しかし絶対的な力を持った頭がいてこれが指図をしているならば、手強い相手となるだろう。

「これまでに、二人による押し込みは本所であったが、五人はない」

嶋津が言った。新手の賊と考えられた。

「忍び込んで、様子を見てきましょうか」

そう言ったのは正吉だ。何とかしたい気持ちが伝わってきた。今のままでは、埒が明かない。

「しかしな。建物の中のどこに潜んでいるのか分からぬぞ」

喜音屋には、いくつもの部屋がある。闇雲にやって、人質に何かあっては藪蛇だ。

「そろそろ、何か言ってきてもよさそうだが」

嶋津は呟（つぶや）いた。捕り方としては、喜音屋及び目の前の日本橋川一帯は、完全に包囲をしていた。闇が、捕り方たちの姿を隠している。

年番方の与力で河崎平左衛門も、姿を見せていた。五十二歳の、古参の与力だ。

「夜が明けるまでに、始末をつけねばなるまい」

事情を聞いた後で、河崎が言った。捕り方すべての者もそう願っているが、人質を取られている以上、妙案が浮かばない。

明るくなれば逃げにくくはなるが、潜んでいる捕り方の姿が見えてしまう。じりじりしながら、賊たちの反応を待った。

六

「このまま手をこまねいているだけでは、夜が明けるぞ」

半刻（はんとき）（約一時間）ほど建物をにらんだ後で、与力の河崎が言った。不機嫌な口ぶりで、何もできない嶋津を責めていた。

十人を超す人質を取られて、なすすべがない。そのことへの苛立（いらだ）ちを隠せない。

河崎は体面を重んじる。もともとは事なかれ主義で、面倒なことは人にやらせる古狸だと角次郎は嶋津から聞かされたことがあった。

賊たちが籠った建物は、しんとして動きはない。捕り方は、動きがあるのを待つばかりだ。

明るくなったら、建物を囲む捕り方の姿があからさまになる。賊を刺激するのは明らかだろう。

「今のうちに押し込みますか」

「しかしな。やつらは何でもしそうだぞ」

若い同心の井坂の進言に、嶋津が返した。

「我らの目の前で、一人でも人質を死傷させることがあったら、奉行所の威信に関わる」

これは河崎だ。町奉行の意向でもあるらしい。河崎がこの場に来るにあたっては、町奉行の指図も受けているはずだった。

「確かに。夜が明ければ、この件は江戸中に知られるでしょうね」

と井坂。そうなると面倒だ。面白半分の野次馬が、押し寄せてきそうだ。

「よし。こうなったなら」

嶋津は、両隣と裏手の長屋の住人を、事件解決まで他所へ移すことにした。新たな被害者を出さないためだ。空家にして、そこに捕り方を潜ませる。両隣は事件解決まで商いができなくなるが、ここは凶悪犯を捕らえるまでのことだった。

　さらに表通りの通行を禁止する。

「賊の出方によっては、長期戦も覚悟しなくてはなるまい。人質の命は、第一に考えなくてはならぬでしょう」

「仕方がない」

　嶋津の提案に、河崎はしぶしぶながら応じた。すぐに町役人と、該当する家の者に伝えた。隣家にすれば迷惑な話だが、受け入れさせるしかなかった。

「おそれいります」

　商家の主人らしい身なりのいい中年の者が二人、嶋津や河崎のもとへ現れた。喜音屋の親戚の者だという。

「とんでもないことでございます」

　夜分でも、話は伝わっているらしい。知らせを聞いて飛んできたのである。皆が無事かどうか訊いてきた。

　やや遅れて、お多代の亭主文蔵もやって来た。文蔵は芝にある老舗の呉服屋川路屋の跡取りである。お多代を気に入って嫁にしたと、角次郎は噂で聞いた。

青ざめた、思いつめた顔で言った。

「賊は金を持たして逃がしてくださいまし」

「何だと」

聞いていた河崎が目を剝いた。

「奪われた金子は、百十両でございます。命には代えられません」

支払いの金は、親類筋で何とかするというものだった。

「しかしな」

河崎と嶋津は、渋い顔をした。文蔵が身重の女房を助けたい気持ちはよく分かるが、頷ける提案ではなかった。

とはいえ、二人が渋った理由は違う。

「我らが出張っておりながら、金を持たせて逃がしたとなれば、町奉行所の威信にかかわるぞ」

総指揮官である河崎は、町奉行から叱責を受ける。それは何があっても避けたいところだろう。

嶋津は違う。

「ここで逃がしては、必ずまたどこかで同じようなことをするぞ。しかも、賊だけでは逃げまい」

という考えだ。金子を持たせたままにしても、数名の人質は連れて行く。それが身重のお多代ではないかと踏んでいた。

もっとも都合のいい人質だからだ。

金の件はともかく、女の人質だけでも返せとの要求は、賊側と纏まっていなかった。

「何とぞ」

文蔵と親類の商人は頭を下げた。親類は、商家としての喜音屋を守りたいという願いだ。

「これは、少しばかりで」

懐紙に包まれた小判らしいものを差し出した。河崎は手を出そうとしたが、慌ててひっこめた。

「しばし待て」

河崎は、決断ができなかった。嶋津は人命を尊重しつつも、はなから逃がすつもりはない。

ともあれ逃走用の舟を、船着場に停めた。他の舟や捕り方は、いつでも襲えるように潜ませている。河崎が、表戸の前に立って、声を上げた。

「その方らの望み通り、舟の支度をしたぞ。女を連れずに、出てまいれ。我らは何もいたさぬ」

返事はない。少しして、女の絶叫が上がった。

「何事だ」

河崎は、微かに怯えた表情になった。自分のせいで女が殺されたのではまずいという考えか。

そしてしばらくした後、二階の窓が開かれた。現れた賊が、無言で何かを下へ放り投げた。それはばさりと地べたに落ちた。

「何だ」

嶋津と角次郎が駆け寄った。初めは何か分からない。あるのは、濃い血のにおいばかりだ。

龕灯で照らした。

体が切り裂かれ、血まみれになった、猫の死体だった。賊側の示威行為だと受け取った。

「要求を通せか」

「次は、人だという意味であろう」

死体は片付けた。女房が可愛がっていた飼い猫だった。

七

一度外に出て、再び乱れた足音が建物の中に戻ったところで、賊の声がお波津の耳にも聞こえた。廊下で衣擦(きぬず)れの音と、「ひいっ」という声があった直後だ。

「引け。敷地から出て行きやがれ。出ないと、こいつの命はないぞ」

賊の一人が叫んだ。誰かは分からないが、人質に刃物でも向けているらしかった。

それで捕り方の動きは止まった。

耳を澄ますと、捕り方が敷地から出て行く気配があった。賊たちは、すべての雨戸を締め切った。

「釘(くぎ)と金槌(かなづち)、板を出せ」

捕り方とやり取りをした男が、賊の頭らしかった。これが手代に命じた。

「雨戸のすべてに、板を打ち付けろ。さっさとやれ」

打ち壊して、捕り方が押し込むことが容易(たやす)くできないようにするための方策だと、お波津は察した。ばたばたする足音が近寄ってきた。

お波津はお多代と同じ部屋に潜んでいる。お多代は怯えたままだった。実家が盗賊に襲われて、両親や店の者は命を奪われる瀬戸際にいる。

「おとっつぁんは、おっかさんは、大丈夫かしら」

これが何よりも気になるらしい。

そしてとうとう、お波津らがいる部屋の襖が開かれた。盗賊の指図で、ここも雨戸に板が打ち付けられた。

賊は皆顔を布で覆っているが、目の周りは見える。向けてくる眼差しは、どれも凶暴なものだと感じた。

「出ろ」

板の打ち付けが終わったところで、別の覆面の男が現れて言った。手には抜身の長脇差を握っている。その刀身には血が付いていて、お波津はどきりとした。

「何をされるのか」

胸の内で呟いた。恐怖がじわじわと湧いてきた。

夜は冷える。お多代に、使っていた掻い巻きを身につけさせた。体が重いから、立ち上がるのにも手間がかかる。

「もたもたするな」

どやされた。掻い巻きを取られそうになったところで、お波津は声を上げた。

「やめて。この人、身重なんだから」

怖さの中にも、怒りがあった。

「うるせえ」

掻い巻きを奪おうとした賊を睨みつけた。

「なんだ、このあま」

憎悪の目を向けて近寄ってきた。殴られると思った。そこへ、もう一人の賊がやって来た。

「掻い巻きは着せたままでいいから、急げ」

前の賊は若かったが、この賊は五十代くらいだと感じた。体つきはがっしりしているが、目の皺などははっきり分かった。

廊下には掛行燈が灯されて、襖や障子が開かれている。建物の中には、暗がりや隠れ場所がない状況になっていた。お波津らがいた部屋には火鉢があったが、他は底冷えがする。

掻い巻きを着させられたのは幸いだった。お波津は脱いだ着物に袖を通して、帯で結んでいた。

連れて行かれたのは、店の奥の、帳場に当たる場所だった。ここにも、明かりが灯されている。奉公人たちの顔が見えたが、喜利衛門とお楽夫婦の姿はなかった。

「ああ、お多代さん」

万兵衛が声を上げた。その着物には、襟に血がついている。

「お、おとっつぁんと、おっかさんは」

掠れた声で、お多代が訊いた。

「案ずるな、他の部屋にいるだけだ」

頭らしい男が言った。

「じたばたするな。騒げば殺すぞ」

凄味のある声だった。これは一番年嵩とおぼしい者で、先ほど掻い巻きを着ていてもよいと告げた賊だった。

「うめじろう、亀、こいつらを見張っていろ」

頭が命じた。

「へえ」

うめじろうは、「梅次郎」だと察した。賊は五人で、この二人が年若そうだ。やり取りを見ていると、頭と年嵩、そしてもう一人の賊が、示し合わせて動いている様子だった。

　奉公人たちには、皆縄がかけられている。寝間着姿の者もいた。歯の根が合わず震えているのは、怖いからだけではないだろう。

　青ざめた顔で、目を閉じている者もいる。

「表の河岸道から、捕り方をすべて引かせろ。そして舟を三艘用意しろ。そうでないと、喜音屋の者を殺すぞ」

　二階で、賊の頭と嶋津がやり取りしている声が聞こえた。賊は、お多代をも連れ出そうとしていると知って、お波津はぞっとした。ただ嶋津は、受け入れないらしかった。それを通してほしいとお波津は願う。

　交渉は中断となった。

「他の女を連れて行くか」

「主人夫婦でもいいか」

　そんなやり取りが聞こえた。

「いや、身重の方がいい。その方が、やつらは手加減をする」

「すけじゅうは、名が十分助けるてえのに、筋金入りの悪だな。だがそれじゃあ向こうは、受け入れねえだろう」

　そう言ったのは、一番年嵩の者だ。声に聞き覚えがあった。

　交渉したのが頭で、それと身重がいいと言ったすけじゅうというのが、三十歳くらいだと感じた。字は助十となるらしい。

「いや、いざとなりゃあ、やつらは聞き入れる。聞き入れなければ、他の誰かを一人殺せばいいだけだ」

　助十は強硬だ。そこへ、外から声がかかった。四度声をかけられて、頭が応じた。

　身重のお多代を連れ出すことは受け入れられないという返答だった。やり取りの後、頭は「うるせえ」で窓を閉じた。

「かまわねえ」

　と助十は強気だが、頭は迷っている様子だった。

「身重の女は、かえって手がかかるんじゃあねえか」

　迷っているのは、お多代と赤子のためではない。あくまでも、逃走に都合がいいかどうかだけだ。

「もんじの言う通りだ」

　と告げたのは、年嵩だ。これで頭の名が分かった。ただどのような字を当てるのかは分からない。まだ年嵩の名は分からない。

「そうかもしれねえ」

頷いた助十も、愚かな者ではないらしい。その場の気持ちだけで、ものを言っていない。

「どうする」

「向こうが何か言ってくるまで放っておこう」

「そうだな。焦れれば向こうの足並みも乱れてくるだろう」

「違えねえ。おれたちは金を抱えて逃げるか、首を刎ねられるかのどちらかだけだからな」

年嵩の賊は、若い者を抑える形だが、よい人とは違うとお波津は感じた。頭と同様、金を持って逃げることを第一と考えている。そして若い賊たちは、一目置いている模様だった。

「腹が減った」

と言ったのは、亀と呼ばれた賊だった。

「そういえばそうだな」

「おい、飯を炊け。米ならばいくらでもあるだろう」

頭と助十が続けた。女中のおまつに顔を向けている。

「は、はい」

おまつが、震え声で応じた。だがおまつは極度に怯えていて、縄を解かれても、一人で立ち上がることができない。

「私がやります」

お波津が声を上げた。帳場に置かれたままでは、様子が分からない。何とかして、中の様子を外の嶋津らに伝えたかった。

亀が見張りについてきて、台所へ行った。

「これは」

連子窓がついているが、すべてに板が打ち付けてあった。出入り口にも。これでは、容易く外からは入れない。

「どれくらい炊けばいいのでしょうか」

「そうだな、二升でいい」

「でもそれでは、皆が食べられないのでは」

腹をすかしているのは、賊たちだけではない。

「余計なことを言うな」

力いっぱい、頬を張られた。体が飛んで、尻餅をついた。頭がくらくらした。

「店の者になど、食わせることはねえ。力が付けは、余計なことを考える」

賊五人のためだけに米を炊くのだと理解した。竈に火を熾す。赤い炎が、ちかちかと光った。

そして米が炊けるにおいがしてきた。

握り飯を拵えるように命じられた。いったん、竈の火は消す。このときお波津は、炭になった小枝何本かを袂に入れた。

「炊けたようだな」

顔を見せたのは、年嵩だ。

「孫さん、何か作れやせんか。腕はいいそうじゃねえですか」

亀が口にした。

「つまらねえことを言うな」

ともあれお波津は、二升分の塩むすびを握った。

「おお、できたか」

賊たちは、交代で平らげてゆく。

お波津は帳場に戻された。ただこの段階で、賊五人の名が分かった。年嵩の孫は、料理の腕がある者らしい。

このときお波津は、帳場にあった懐紙数枚を袂へ入れた。そして食い終えた梅次郎に声をかけた。

「雪隠へ行かせてよ」

「何だと」

ふざけるなという顔。しかしお波津は、苦しいのだと再度伝えた。

「行かせろ」

と言ったのは孫だった。

「ちっ」

梅次郎が、邪険に背中を押した。

「あっ」

雪隠に入って気がついた。ここにも連子窓はあったが、板は張り付けられていなかった。どうやらここまでは気が回らなかったらしい。

お波津は、先ほど手に入れた懐紙に、炭になった小枝で文字を書いた。賊五人の名と大まかな歳、孫のところには『料理』とも付け加えた。

もっと書きたかったが、できなかった。

「早くしろ。戸をぶち破るぞ」

外の梅次郎が言った。お波津は紙を丸めると、連子窓から外へ投げた。

「誰か気付いてほしい」

と念じながら。

八

喜音屋の二階の窓から、時折龕灯（がんどう）の明かりが表の河岸道や庭を照らす。

「やつらは、こちらの動きを探っているわけだな」

「向こうも、ここから外へ出る手立てを思案しているのだろう」

嶋津の言葉に、角次郎が応じた。闇に潜ませている捕り方の姿は見えないが、明るくなれば引かせなくてはならない。

「もう一度、おびき出してはどうか」

そう言ったのは河崎だった。

「今度は、その方が声掛けをするがよかろう」

自分はやらない。命じたということか。

角次郎と嶋津は、顔を見合わせた。河崎が口にしたからではなく、互いに考えていたことだった。

「よし。やってみよう」

「そうだな。向こうも明るくなってからでは、逃げにくくなるからな」

「顔を出したところで、すぐに斬りかかりましょうか」

と口にした。井坂も焦れていたようだ。

「相手が一人ならばそれでいいが、他にもいたら人質に報復をされる」

そこへ聞いているだけだった正吉が声を出した。

「そのやり取りの間に、建物について調べさせてください」

密か(ひそ)かに入り込めそうな場所が、どこかにあるかもしれないとの考えだ。入れるならば、入り込むぞという気迫だ。

「中と外で動けば、新たな動きができるな」

嶋津は承知した。河崎も頷(うなず)いている。

「おおい」

表通りに立った嶋津が、声をかけた。三度目に二階の窓が開き、嶋津は龕灯に照らされた。

「しばらくすれば、夜が明ける。そろそろ、話をつけようではないか」

このとき正吉は、塀を乗り越えて裏庭へ入り込んだ。正吉はなかなかに身軽だ。お波津を案じる言葉は一切口にしないが、できることはすべてやろうとしていた。しかも命懸けだ。賊に気づかれれば、殺されるかもしれない。

大黒屋の婿となるという考えがあるからか、お波津に思いがあるからかは、角次郎には分からない。お波津とは、仕事以外で話をしている姿を目にしたことはなかった。気持ちを聞いたこともない。

「見ろ、舟の用意はしてあるぞ」

嶋津は船着場を指さした。

「捕り方が、どうせどこかに潜んでいるんだろう」

「そんなことはない」

「ならば高張提灯で、周囲を照らせ。それから舟は七、八人乗りを三艘用意しろ。あんな小舟ではだめだ。すぐにやれ」

これは、こちらの申し出に応じようとしているものだと察せられた。七、八人乗りを三艘ということは、人質すべてを連れて行こうとしているからだ。

嶋津が指図すると明かりの灯った高張提灯が立てられた。舟も用意された。漕いできた者は、すぐに闇の中に走り込んだ。

船着場には、嶋津だけが残った。

三艘に分乗するならば、三方に逃げることも可能だ。一つは日本橋川を下って大川に逃げ込む。また楓川を経て、八丁堀から江戸の海に出られる。もう一つは日本橋川を城の堀がある方へ逃げる手だが、これはかえって追いつめられるかもしれない。

井坂がその対応のために、この場から離れた。船着場を囲むように、闇の中に舟を潜ませるのだ。

「ただし身重の女を連れ出すことだけは、受け入れられぬ」

「分かった。その代わり、他の者は連れて行く」

「逃げたところで、解き放ってもらう」

「そりゃあそうだ。無益な殺生はしたくねえ」

心にもない言葉だろうが、ともあれ信じたふりをする。

「よし。用意ができ次第、出てこい」

この段階で、河崎は裏手にいた捕り方を河岸道側に回していた。賊と人質が出て船着場に下りるあたりで襲い掛かる企みだ。

「事を治められるならば、賊は殺してもかまわぬ」

これが河崎の判断だ。人質については、触れない。殺傷される者が出た場合には、やむを得なかったとするつもりだ。

「しかし、そんなに都合よく、表の河岸道に出るか」

ということも、角次郎は気になった。またお多代らをどこで返すかについても、触れてはいなかった。また人質など連れず、捕り方が少ない裏手から、身軽になって屋根伝いに逃げる手もあった。

要求にこだわっていながら、こちらの話をすんなり受け入れたのは、裏があるからに他ならない。

角次郎は、裏へ回った。暗がりには、梯子(はしご)が用意されている。塀にかけて登り、中に目をやった。正吉がどこにいるかは分からない。

「行くぞ」

という声が、表側から聞こえた。けれどもこのとき、二階の庭側の窓が静かに開かれて、黒い影が飛び出した。人質はいない。ここで叫び声があがった。

「裏から出るぞ」

正吉だ。角次郎は隣家の屋根に上った。長脇差(ながわきざし)を抜いている。一人でも、逃がさないつもりだ。また表からも、裏へ回ってくる少なくない足音が聞こえた。松明(たいまつ)の明かりも近づいてくる。

ただ賊たちもぼやぼやしてはいなかった。無茶はしない。こちらを襲って来れば人質から離せると踏んだが、それはしてこなかった。逃げきれないと悟ったか、建物の中に駆け戻った。窓が閉められた。

「出てまいれ」

河崎が叫んだが、もう建物の戸は、ぴくりとも動かなかった。

単身で闇の敷地内に入った正吉は、足音を忍ばせて建物に近づいた。樹木の枝に体を触れさせれば音が出る。賊に気づかれたら、それでおしまいだ。

喜音屋の面々を救いたいが、正吉にしてみれば、お波津を無事に救うことが一番の目当てだった。お波津に対する恋情は、ないわけではないが、はっきりしたものになってはいなかった。

恋情があって婿になるのではないという気持ちが強い。求められているのは、大黒屋の商いを継ぐ者としての器量だと考えていた。

ただ何も思わないわけでもなかった。微妙な気持ちだ。

大黒屋の商いに加わって、面白かった。角次郎や直吉は、やり方を押し付けてくるわけではなかった。どうすればいいかを言わせた。

よしとすれば、受け入れられた。

婿として、もっと大きな商いに関われるならば面白い。そのためには、お波津は守らなくてはならなかった。

建物の外に賊の気配はない。どこも雨戸で閉じられていて、押してみたがびくともしなかった。嶋津と賊の声が、闇夜に響いている。

中の様子を探ろうとするが、建付けがいいので、隙間がない。賊と嶋津のやり取りは聞こえた。建物の中からも何か話し声は聞こえたが、何を言っているのかまでは聞き取れなかった。

庭側の二階の窓が、音もなく開かれた。黒い影。

「そうか」

表通りに出るという話だが、そうではないと気がついた。それで正吉は声を上げた。逃がすことはできない。

角次郎が、隣家の屋根に立った。正吉も、反対側の家の屋根に上った。しかし賊は、すぐに建物の中に戻ってしまった。すぐに戸は閉じられた。

捕縛の機会だったが、捕らえることはできなかった。気がつくと、東の空が明るみを帯び始めてきている。ともあれ正吉は、建物を調べた。

「おっ」

微かな声を漏らした。雪隠らしい場所の連子窓が、小さく開いたままになっていた。ここだけ、板を打ち漏らしたらしかった。人が出入りできる幅はない。

何かないかと、地べたに目をやった。すると丸めた紙屑のようなものが落ちていた。雨水を吸っているが、新しい紙だ。念のため拾った。広げると、慌てた文字だが、人の名が記されていた。空は薄明るくなっているから読むことができた。

「おおこれは」

またしても、微かな声を漏らした。お波津の筆跡だと分かったからだ。

九

嶋津は賊に声をかけたが、もう返答はなかった。建物はしんとしたままだ。

「駄目だな」

角次郎のもとへ戻って来て、嶋津は言った。

「そろそろ夜が明ける。賊はどう動くかだな」

「明るくなれば、逃げにくくなるか」

角次郎の言葉に、嶋津が返した。こうなると、長引きそうだ。

そこへ正吉が戻ってきた。

「こんなものが、雪隠の傍に落ちていました」

だいぶ興奮気味だ。雪隠の連子窓だけが、板を打ち付けられていなかったと付け足した。

「どれ」

角次郎が紙片を受け取り広げると、掠(かす)れた文字でいくつかの名らしいものが記されていた。

「何だ、これは」

嶋津がのぞき込んで言った。

「乱れているが、これはお波津の筆跡(て)だ」

角次郎にはすぐに分かった。雪隠から、中の様子を知らせてきたのだと察した。

『頭もんじ三十　孫五十料理　助十三十　亀梅次郎二十』

紙には、そう記されていた。

「亀と梅次郎は別だろう。賊は五人、その名だな」

「そうだと思います」

正吉が答えた。嶋津も、紙片に目をやった。

「お波津は、よく伝えてきたな」

これは大きい。

「孫は、孫助とか孫吉などの名だろうな。誰かが、喜音屋に繋がるのではないか」

「亀もそんなところだろう。もんじは、字を当てられなかったわけだな」

土地の岡っ引き益次郎に訊く。だが界隈にそれらしい名の者は、一人もいないと告げられた。

「どこの誰だか、まずは五人を洗ってみよう」

「そうだな。一人でも素性が分かれば、そこからあやつらの弱みが、見えてくるかもしれぬ」

「烏合の衆ならなおさらだ」

嶋津は、表情を引き締めた。隣家にいる親類の二人とお多代の亭主文蔵に、紙片を見せた。

「思い当たる者はいるか」

「さあ」

親類二人は、顔を見合わせ考える様子をしたが、結局首を横に振った。文蔵は泣きっ面になって首を捻(ひね)ったが、すぐ肩を落とした。

次は離れている、両隣の者に訊いた。

「喜音屋さんが持つ家作の中に、亀吉(かめきち)という人がいると聞いた気がしますが」

と告げる者がいて、益次郎が鉄砲洲(てっぽうず)のしもた屋を当たった。

「いったい、何がありましたんで」

寝ぼけ眼で出てきた亀吉が、そう告げたそうな。

この頃にはすっかり明るくなっていたが、前の河岸道は通行止めにしていた。ただ日本橋川は、さすがに止められなかった。多数の大小の荷船が行き来する。これを止めると、江戸の商いが成り立たなくなる。

店の前の船着場だけ使わせないようにした。

さらに近所の者にも訊いた。

「助五郎(すけごろう)てえ手間取り大工がいますよ」

「浅蜊(あさり)の振り売りで、紋七(もんしち)さんという人がいたっけ」

どちらも、堅気(かたぎ)として暮らしているとか。これらも益次郎が、一人一人存在を確かめた。

喜音屋の一件は、夜明けとともに羽前屋にも大黒屋から伝えられた。まだ店の戸を開ける前だった。

「中に、お波津がいるのか」

善太郎は呻いた。お稲も顔を青ざめさせた。

羽前屋の先代恒右衛門と角次郎は、互いに仕入れた米を融通し合うなどして、協力して商いに当たってきた。恒右衛門の倅夫婦は本所深川を襲った火事で亡くなり、一人娘だったお稲を残した。

そこでお稲は、善太郎とお波津とともにお万季の乳を飲んで育った。恒右衛門はすでに亡いが、善太郎は相愛だったお稲と祝言を挙げて羽前屋の主になった。

「ともあれ行こう」

じっとしてはいられない。善太郎は中里寅之助を伴って小網町へ向かった。お波津を奪い返すために、力を尽くさなくてはならない。

寅之助は、二千石の御普請奉行を務める旗本大村秀之助の家臣である。善太郎は大村の娘の縁談で力を貸し、昵懇の間柄になった。寅之助は大村家の用人中里甚左衛門の三男で、商いに関心を持っていた。

「商人として使える者かどうか、見定めてほしい」

と告げられていた。すでに髷も身なりも商人のものに変えている。気持ちは商家に動いている気配だった。

十九歳ではあるが、寅之助は帖付けもできるし剣の腕もなかなかのものだった。まだ誰にも話していないが、お波津の婿候補にどうかという気持ちが善太郎にはあった。角次郎も善太郎も、武家の身分を擲って、商家に婿入りをした身である。

お波津の婿は、商家の出であろうと武家の出であろうと、気迫を持って商いに当たれる者ならばそれでいいというのが角次郎とお万季の考えだ。

現場に行くと、朝から野次馬の姿があった。

「押し入った賊は大勢いて、店の者を人質に取っているようだぜ」

「賊は番頭の首に、刃物を突き立てたらしいよ」

「こわいねえ」

道具箱を担った職人ふうや、騒ぎに気付いて近所から出てきた者たちだ。

「寄るな。近寄ってはならぬ。寄れば賊の仲間と見なすぞ」

突棒や刺股を手にした捕り方たちが、野次馬を追い払おうとしている。数人いなくなっても、また新たな者が現れた。

「これならば、じきに江戸中に知れ渡りますね」

寅之助が言った。

「いや、すでに読売が出ているようです」

紙片を手にしている者に目をやって、寅之助が言った。盗賊の文字が、紙面で躍っている。

「その方らも、近寄ってはならぬ」

善太郎と寅之助も喜音屋に近づこうとすると、呼び止められた。

「南町奉行所の嶋津様にお目にかかりたく」

そう告げて、名を名乗った。それでようやく、角次郎や嶋津に会うことができた。

「閉じこもったままだ」

角次郎から状況の詳細を聞いた。五人の名に繋がるものはまだ探せていない。近隣の住人には、益次郎が聞き込みをしているとか。

「五人の中の誰かに、喜音屋のことを伝えた者がいますね」

「それは考えられるな」

「近々で、店を辞めた者、辞めさせられた者はいないでしょうか」

善太郎は、疑問を居合わせた親戚筋の者に向けた。

「います。二年前まで手代をしていた、夏吉という者です」

はっとした顔で、親戚の一人が言った。金にまつわる不始末で、店を辞めさせた者だそうな。

「それを当たろう」

ただ親戚の者は、夏吉の今の居場所を知らない。

「捜しまする」

寅之助が言った。じっとしてはいられないといった様子だった。

善太郎と寅之助は、まずは姿を見せている野次馬たちに、喜音屋を辞めさせられた元奉公人夏吉について知る者はいないか訊いた。

「そいつが悪党ですか」

と聞き返す者はいたが、二年前に辞めさせられた奉公人の顔を覚えている者はいても、今どこで何をしているか知る者はいなかった。そこで一軒ずつ戸を叩いて、問いかけをした。夏吉だけでなく、賊五人についても合わせて聞き込んだ。

「盗賊が逃げ出したら、何をしでかすか分かりませんね」

恐怖を感じる者がいるのも当然だった。

「早く捕まえてくださいな」

と多くの者が口にした。

「夏吉は知らねえが、亀助てえやつを知っていますよ」

と告げたのは、二十代半ばの葉煙草の振り売りをしている裏長屋の住人だった。深川あたりも売り歩き、そこの賭場で顔を合わせたことがあるという話だった。互いに大きく損をして、二人でやけ酒を飲んだ。

「歳は二十二、三くらいだったと思うがねえ」

深川馬場通りの地回りの子分だとか。

善太郎と寅之助で、永代橋を東へ渡った。当てにならない話だが、捨て置くわけにはいかない。

一の鳥居が、冬の日に照らされている。師走になって、馬場通りには常より多い屋台店が出始めていた。老若の者が、立ち話をしている。

「川向こうで、何かあったようですね」

「米屋が襲われたっていうぜ」

「夜から町奉行所の捕り方が、出ているそうだよ」

「まだ捕らえることができないなんて、捕り方は何をしているんだい」

やり取りが聞こえた。すでに盗賊騒ぎについては、大川を跨いで深川にまで伝わっていることを知った。

ともあれ目についた、安物の櫛や簪を売る屋台店の親仁に尋ねた。

「遊び人で、亀のつく名の者を捜している。存じてはいないか」

寅之助は相手が町人でも、偉そうな問いかけ方はしない。

「いや、知りませんねえ」

次々に訊いてゆく。耳の遠い老人には、聞き取れるまで丁寧に言葉を繰り返した。

寅之助がお波津を救いたいのは間違いないが、大黒屋のためという気持ちが強いのだろうと善太郎は受け取った。

いろいろ言わせて、結局「知らねえな」と返す者もいた。

二十人ほどに訊いた。すでに一の鳥居を過ぎて、富岡八幡宮に近いあたりまで来ていた。

「亀助なら、いたぜ」

と答える者がいた。遊び人ふうの三十歳前後の者だ。

「土地の地回りの子分になって、賭場の下働きのようなことをしていた野郎だ」

今は何をしているか知らない。そこで亀助を知っていそうな者を二人挙げてもらった。

「何でえ、寝ているところを起こしやがって」

一人は油堀南河岸にある一色町の裏長屋に住む者だというので、そのまま足を向けた。

もう日が高いのに、まだ眠っていた。酒臭い息を吐いた。ろくな暮らしをしている者ではなさそうだが、善太郎は銭を与えた。

「ああ。あいつならば、町内の他の長屋にいたよ」

歳や体つきを聞くと重なる。

「でも今はもう、長屋にはいねえよ」

と続けた。どのような者だったか訊いた。

「強請やたかり、なんでもするしょうもないやつだったね。元はちゃんとしたところの職人だったらしいが、兄弟子と揉めて辞めさせられたとか」

それからは自棄になって、地回りの子分たちと付き合うようになった。かっとなると狂犬のようになって、凶暴なことでも平気でした。

「あいつは、夏吉というやつと付き合っていた」

同じ一色町で、違う裏長屋に住んでいるのだとか。夏吉という名が向こうから出てきたのは幸いだ。

　善太郎と寅之助は、教えられた長屋へ行った。

　夏吉はいて、ちょうどどこかへ出かけようとしているところだった。

「なんでえ。亀助なんて、知らねえぜ」

　問いかけをすると、夏吉は答えた。亀助が何か悪さをして、咎められると感じたのかもしれない。あるいは、押し込みの仲間と知っているのか。

「そんなことはないはずだ」

　ここでは寅之助は、丁寧には出なかった。逃げ出そうとしたところで、足を掛けて土間に押し倒した。そして腕を後ろに捩じり上げた。

「痛てて」

　悲鳴を上げた。

「どうだ。思い出したか」

「へ、へえ」

　しぶとい者ではない。小悪党のようだ。

「どのような、知り合いだ」

　寅之助は、さらに腕を捩じり上げた。

「亀助とは前からの知り合いで、賭場で会って驚きました」

「喜音屋の話をしなかったか」

「そういえば、少しばかり」

逃げようとしたのは、それがあるからだと察した。盗賊が喜音屋を襲ったことを知っていて、関わる者を調べている。関わり合うのは面倒だ、という腹らしかった。

亀助は、箱崎町の版木彫り職の政蔵親方のもとで、職人として働いていた。商家と職人の家だが、歳も近くてよく顔を合わせた。兄弟子と揉めて辞めさせられたというのは知っていたが、深川の賭場で再会した。話をしたのは、二月ほど前だそうな。それきり会っていない。

十

善太郎と寅之助が出て行ってしばらくした後、京橋南紺屋町の米問屋戸川屋の次男坊蔦次郎が姿を見せた。事件を知って駆けつけてきたのである。

やはり捕り方に阻まれて、角次郎のいるところまで辿り着くのに手間取った。南紺野町の町役人を使って、小網町の町役人や益次郎を動かした。

「とんでもないことになりました。お波津さんを無事に救い出すためには、何でもいたします」

蔦次郎は強張った顔を角次郎に向けて言った。

戸川屋は、関東米穀三組問屋の株を持つ、年に一万俵の商い高を誇る大店だ。米問屋として大黒屋よりも格上である。奉公人も大勢いた。ただ蔦次郎は次男なので、店を継ぐことはできない。

そこで米問屋仲間を介して、縁談が持ち込まれてきたのだった。

「様子を見よう」

ということになっていた。角次郎もお万季も、相手が大店の倅だからぜひともという考え方をしない。お波津が気に入るか入らないかを第一にして、次には大黒屋を担う者としてふさわしいかどうか、そこを見定めたいとしていた。

蔦次郎は、初めてお波津と会ったときから、好意をそのまま言葉や態度で表した。大黒屋の商いにも関心を示した。

「どうぞこれを召し上がって、力をつけてくださいませ」

捕り方たちへの握り飯を用意してきていた。ちょうど朝飯の支度をしなくてはならないと考えていたところだ。腹が減っては、賊に立ち向かえない。

角次郎は、蔦次郎の気働きと、米や手間を負担した戸川屋に感謝した。

「これは、ありがたい」

嶋津も礼を口にした。握り飯は、各所に分けられた。これには、河崎も喜んだ。

「なにしろ三十人分だからな」

早速、一つ手に取った。

「うむ。神妙である」

蔦次郎は、角次郎に言った。

「これからも、救い出すまで運びます」

角次郎も何とかするし、喜音屋の敷地外にある倉庫の米も利用する。今回はありがたく受け取るが、捕り方の食糧を戸川屋が用意するのは違うという判断だ。

「いや、それには及ばない」

蔦次郎は強張った顔で聞いてきた。詳細を話してやった。明るくなってから、賊たちに動きはなくなっている。

「お波津さんや喜音屋の方々は、無事なのでしょうか」

嶋津は言った。賊たちも、体を休めたいだろう。

「交代で、寝ているのかもしれぬ」

「ならば今、攻め込んでみれば」

「いや、すぐに目を覚ますさ」

「それにしても、賊の数と名を確かめて知らせてくるなんて、お波津さんならではですね」

蔦次郎は、お波津がよこした紙片に目をやりながら言った。

「私は、喜音屋さんの得意先を当たります。賊に覚えがある人がいるかもしれません」

「それならば、私も」

蔦次郎の言葉に、正吉が反応した。賊の動きがない今のうちに、何かしたいと思っている様子だ。

「いや、おまえは、雪隠を見張れ。何か投げられたら、気づかれぬように拾ってくるのだ」

角次郎が命じた。お波津はまた、何かを伝えてくるに違いなかった。

「分かりました」

不満な顔はしない。大事な役目だ。お波津からの知らせを、いち早く取り上げる覚悟だ。正吉は、雪隠近くの物陰へ移った。

蔦次郎が喜音屋に賊が入ったことを耳にしたのは、朝になってからだ。たいへんだとは思ったが、まだ他人事だった。しかし読売を目にして、仕入れ先の娘もいると知ってどきりとした。

喜音屋は主に大黒屋から米を仕入れていると分かっていたからだ。

昨夜からのやり取りならば捕り方は空腹だろうと察して、握り飯の用意をした。米は父親に頼んで出してもらった。

大黒屋やお波津の力になりたい気持ちは強い。その気持ちの根には、大黒屋の婿になるという望みがあった。

その理由には、まず大黒屋の雰囲気がある。店に活気があって、老舗でない分、力の発揮ができそうだ。戸川屋では役割が決まっていて、手出しがしにくかった。大店だからそれで商いは廻っているが、面白みはない。

お波津には一目惚れではないが、好感を持った。次男とはいえ大店の若旦那で、向こうから近寄ってくる娘は少なくなかった。しかしお波津は、そういう気配がまったくなかった。どこかつんとしているところに引かれた。

自分には弱いところがあり、支えてもらえそうだとも感じている。これは自覚していることだった。天領の年貢米強奪に関する一件にかかわって以来、引かれる気持ちがさらに強くなった。

その場の勢いで、喜音屋の得意先を探ると言ってしまった。それは確かに大事だが、どこなのか店の者がいなくては見当もつかない。商い帖は、店の中にある。

まずは両隣の店の小僧に訊いた。配達の様子など、見ているかもしれないと思った。それなりに名が挙がったので一人一人当たってゆく。

声掛けすると、逆に問われた。

「いったい、どうなっているのですかね」

煩わしいくらい、事件は江戸庶民の関心の的になっている。訪ねたところから、蔦次郎はさらに名の挙がった喜音屋の得意先を訊いていった。すると鉄砲洲明石町の料理屋児玉屋にも、米を売っていたことが分かった。名の知られた店だ。

早速行って、五人の名を書き写した紙を見せた。

「今も前も、この名に近い人が、うちで働いていたことはありませんね」

おかみに言われた。孫は五十歳前後だとあったから、隠居した元板前の爺さんからも訊いた。

爺さんも、児玉屋にはいなかったが、孫のつく元板前には覚えがあると言った。

「孫吉(まごきち)という者でな、今なら五十一になるはずだ」

聞いてどきりとした。詳しく尋ねた。

深川熊井町(くまいちょう)の料理屋扇屋(おうぎや)の板前だったが、十八年前に若旦那の放蕩(ほうとう)で店が潰(つぶ)れかけ、金二十一両を奪って逃げた。追手がかかったが、逃げ延びた。

「そこも、喜音屋から米を仕入れていましたか」

「たぶんそうだと思うが」

孫吉が今どうしているかは分からない。蔦次郎はさらに熊井町へ行ったが、十八年も前のことで、事件は覚えていても、詳細を伝えられる者はいなかった。孫吉の行方も知れない。

十一

「動かぬな」

徹夜をした嶋津は、仮眠を取って目を覚ますと言った。忌々(いまいま)しげな目を、喜音屋の建物にやっている。

角次郎は正吉と共に、それぞれに見張りを続けていた。正午を過ぎた刻限だ。

「竈から煙が上がった。食べるものは食べているようだ」

建物内の動きは、それしか分からない。雪隠から文が投げられることはなかった。こちらから投げてもいいが、お波津が読むとは限らない。

どう過ごしているか分からないのは、何事もないからだと思いたいが、焦りの気持ちも湧いてくる。凶暴なやつらだし、向こうにしても生きるか死ぬかの瀬戸際だ。

そこへ善太郎と寅之助が戻ってきた。角次郎と正吉も戻って報告を聞く。

「そうか、亀助の素性が分かったか」

「夏吉なる元奉公人から聞いたのならば、喜音屋の内部については、おおまかには分かっただろうな」

角次郎と嶋津が口にした。そして少しして、蔦次郎も顔を見せた。

「孫吉という者がいます」

児玉屋の元板前から聞いた話を、伝えられた。

「まだ決めつけられないが、そいつだろう」

嶋津が言った。

「五人の賊は、耳にしたことを確かめるために、数日前から喜音屋に探りを入れていたわけだな」

「思い付きだけで、襲ったのではありませんでしたね」

善太郎が頷いた。

「他の者は、どうなのでしょうか。どこかで盗みをしているのでしょうか」

「同心の井坂殿が、奉行所の例繰方へ調べに行った」

正吉の問いに、嶋津が答えた。ただ五人組の押し込みは聞かないと、付け足した。

そして半刻後、井坂が町奉行所から戻ってきた。

「向こう五年を調べましたが、五人組による押し込みは、ご府内では起こっていません」

「やはりな」

嶋津はため息を吐いた。

「しかし、紋次と孫吉なる二人組による押し込みはありました」

「ほう」

居合わせた者たちは、それぞれに顔を見合わせた。

一昨年秋に、芝の質屋が襲われて二十四両と銀簪、根付などが奪われたとか。歯向かった番頭を刺して、重傷を負わせた。番頭は四月後に死亡したらしい。

「殺したようなものですね」

蔦次郎が、怒りの顔で言った。

「五人ではないが、それらしいな」

「このときは、舟を使って逃げています。手際よく逃げているので、舟で待っていた者がいたかもしれません」

これはあくまでも、井坂の推量だ。

「うむ」

角次郎と嶋津、他の者も頷いた。紋次と孫吉の名が分かったのは、同じ時期に捕らえた盗賊が、二人の顔と名を知っていたからである。紋次は襲う二か月前に質屋の話をしていた。

「紋次と孫吉は、凶状持ちだったのですね」

正吉が言った。

「孫吉は、梅次郎という若い者を拾って、引き連れていたとか」

「梅次郎は盗みには加わっていなかったわけだな」

「見張りと舟を漕ぐ役目だったのでは」

「となると、紋次と孫吉、梅次郎以外は、後から加わった者となりますね」

蔦次郎が続けた。

「まあ、紋次と孫吉らが他の者に加わったとも考えられるが」

嶋津が、皮肉っぽい口調で言った。三人が一度に仲間になったのか、別々なのかも分からない。

「どちらにしても、紋次とはどういう者か」

お波津の文では三十歳前後の頭とあった。他の聞き込みからは、名が出ていない。

「親兄弟や女房子どもがいたら、面白いんだが」

嶋津は言った。


女中のおまつと一緒に、お波津は握り飯を拵えた。怯えながらも、おまつはよくやった。

お波津は、見張りが目をそらした隙に、おまつの口に丸めた飯を押し込んだ。自分でも口に含んだ。生き延びなくてはならない。

他の人質たちにも食べさせたいが、それはできなかった。

夜が明けて、人質となった者たちは疲れ果てていた。居眠りをする者もいた。全員、両手を縛られたままの姿だ。雪隠へ行くときだけ、縄を解かれた。しかし二度三度という者は、許されなかった。

「耐えろ」

とやられた。

そして賊たちも、見張りを交代でしながら眠っている気配があった。

人質同士は話を禁じられ、それでも話をした手代と小僧は、しこたま殴られた。

だからもう、話をする者はいなくなった。

賊たちに動きはない。企みは、暗くなってからだと思われた。雪隠から投げた文が、嶋津に届いたかどうかは分からない。

届いていてほしかった。

大黒屋や羽前屋でも、きっと動いているはずだ。だから自分は一人ではない。お波津は気持ちを搔き立てた。

「ううっ」

そのとき、お多代が脂汗をかいて顔を歪めているのに気付いた。

「だ、大丈夫」

慌てた。出産はまだ半月ほど先だと聞いていたが、何かがあって早まることがあるのも知っていた。

穏やかな出産など、とんでもないことになった。心身は変調をきたしているだろう。

「声を出すな」

すぐに怒声が飛んできた。亀と呼ばれている男だ。

「冗談じゃないよ。この人は身重なんだ。何があるか、分からないじゃないか」

腹が立ったので、お波津は言ってしまった。

「うるせえ」

駆け寄ってくると同時に、頬を張られていた。顎が外れるかと思うくらい強い叩かれ方だった。すぐには声も出ない。

ただお多代の身に、差し迫ったことが起こっている虞は感じた。このままでは、いけない。

第二話　赤子の声

一

「それだけではありませぬ」

井坂が、嶋津や居合わせた河崎に目を向けて言った。不満を抑える表情だ。何か、あったらしい。

「お奉行様は、早くけりをつけろとの仰せです」

「何だと」

嶋津が、顔を強張らせた。

「長引けば、ご公儀の威信に傷がつくと」

「ふん。死人や怪我人を出すなとの話ではないのか」

「もちろん、その上でのことだそうです」

言いにくいが、伝えなくてはならないという顔だ。

「何を言うか。主人夫婦や奉公人、身重の女まで人質に取られているんだぞ」

嶋津の声が大きくなった。

「それは申しました。しかしそれでも、急げとのことで」

ご府内での噂が大きくなるばかりだとか。「町奉行所は何をしている」という声が出てきた。町奉行は、それを嫌がっている。

「さらに広がると、町奉行は大名や旗本たちからもあれこれ責められる」

旗本として勘定組頭を務めたことがある角次郎は、不始末として咎められる町奉行の立場が分からなくはない。何よりも大事なのは、公儀の御威光を守ることだ。

「ふざけるな。ならばてめえで指図をすればいい」

嶋津が毒づいた。

「いつも命じるだけじゃねえか。結局は下に押し付けやがるだけだ」

と続けた。善太郎が頷いている。旗本だった時期があるから、その悔しさが分かるのかもしれない。

大黒屋にしてみれば、お波津を人質に取られている。無茶な襲撃はさせられない。

「いざとなれば、一人か二人に何かあっても、やむを得ぬかもしれぬ」

と言い出したのは、人質の命を第一にと告げていた河崎だった。そういえば、井坂の言葉に頷きを返していた。

「えっ」

何を言い出すのかという顔で声を上げたのは、寅之助だった。蔦次郎も不満の眼差しを河崎に向けた。

「我らが大事にするのは、多数の町の者の命と家や商いだ。これを守るためには、多少のことは仕方があるまい」

死傷者が出てもかまわないという言い方だった。嶋津も井坂も、頷かない。それでも言葉を続けた。

「攻める手立てを考えよ」

「…………」

「よいか。わしは命じたぞ。後はその方らがどうするかだ」

すぐに動かない嶋津らに苛立っている。言い残すと、河崎は行ってしまった。

「くそっ」

吐き捨てるように言ったのは善太郎だ。誰もが襲撃をかけて賊徒を捕らえたい。それができないから、次の手立てを考えているのだった。

「孫吉の十八年前をもう少し調べてみます」

と申し出たのは蔦次郎である。腹を立てるだけでなく、できることをしようという考えだ。朝この場へ来てから、実家へは戻っていない。家業はおいて、お波津が救い出されるまで力を尽くすつもりらしかった。

「この男は、婿になることに本気だな」

角次郎は、胸の内で呟いた。正吉や寅之助は、奉公の内の一つともいえるが、蔦次郎は違う。

「そうだな、そこがもう少し分かれば、手の打ちようがあるかもしれぬな」

角次郎は蔦次郎の申し出に応じた。念のため寅之助も一緒に、深川熊井町へ行かせることにした。

「頭の紋次とは、何者なのか」

蔦次郎と寅之助が出かけたところで、嶋津が口にした。町奉行への怒りの気持ちは消えていないが、それを抑えての言葉だ。腹を立てているだけでは、何も進まないことは明らかだ。

「それで、紋次について、例繰方の他の綴りについても当たってみました」

「ほう」

嶋津が、井坂に目をやった。井坂は言われたことだけをするわけでなく、機転が利くようだ。

「すると一か所だけ出てきました。四年前の無宿狩りの折です」

「そういえば、そんな出来事があったな」

　嶋津が思い出す顔になって言葉を返した。不作が続いて、生まれ在所を捨てた多くの者が江戸へ出てきた。江戸へ出れば食えると考えるのだろう。しかしそうはいかない。

　町には無宿者が溢れた。稼ぐ手立てもない。食い詰めた者が徒党を組んで押し込みや強奪などを働き、治安が乱れた。そこで南北の町奉行所では、示し合わせて大規模な無宿狩りを行った。

「あのときは、三、四百人くらいを捕らえて、深川の外れにある十万坪の荒れ地に囲い込んだのだったな」

「そうです。その中で、請け人がいて解放された者が五十人ばかりいましたが、その中の一人に紋次の名がありました」

　上州無宿で、渡世人として過ごしていた。

「請け人になったのは、作兵衛という初老の者です。湯島三丁目の筆墨商い山崎屋の隠居です」

「ほう」

その紋次が、賊の紋次かどうかは分からない。

「確かめましょう」

と善太郎が言った。すぐに駆け出して行った。

「しかし、何の動きもないのが不気味だな」

角次郎は、閉じられたままの喜音屋の建物に目をやりながら言った。見張っている者の中には、居眠りをしている者がいた。疲れたのだろう。嶋津が体を揺すった。他の者と交代させる。

「野次馬も、次々に現れるな」

追い返しても追い返しても、新たな者がやって来る。案じる者だけではない。怖いもの見たさで、面白半分に喜音屋を覗こうという者も少なからずいた。またそれを目当てに、饅頭や茶を売る者まで現れた。

面白がる者の中には、ことさらに町奉行所の不手際をはやし立てる者もいる。

「日頃は威張っていやがるくせに、いざとなったら弱腰で手も足も出せねえのか。だらしがねえぞ」

ここまで言われると、捕り方としては腹が立つ。

「けしからん。不遜な野次馬だ。さっさと捕らえろ。手荒な真似をしてもかまわぬぞ」

河崎が、苛立った口調で捕り方に命じた。しかし叫んだ男は、足早に逃げた。他の野次馬が邪魔になって、捕らえられなかった。


それから一刻ほどして、善太郎が戻ってきた。

「湯島三丁目に山崎屋という筆墨屋はありましたが、そこには作兵衛なる者はいませんでした」

もちろん、無宿者の紋次を知る者もいない。筆墨屋以外の周辺の店でも尋ねたが、名も聞かないと告げられた。

話を聞いた嶋津が言った。

「あのときは、手が足らなかった。捕らえることができず、逃げた者も多数いたぞ」

また捕らえた無宿者を収容しておくのも、たいへんだった。数百人分となれば、寝起きする場所や雑炊を用意するだけでも、手間と金がかかった。

人足寄場へ送るのにも限りがあった。

そこで身なりのしっかりした引き取り人が現れれば、ろくに調べもしないで引き渡したのだとか。

「だとすればその上州無宿は、ここにいる紋次で、作兵衛は孫吉だと考えられなくもないな」

と角次郎。凶状持ちの孫吉が、偽名を使い身なりを整えて恐れ入った顔で引き取りに来た。山崎屋という屋号は、何度か見て覚えていて使ったのだろう。

「二人は、四年以上前から仲間だったことになりますね」

善太郎が返した。無宿者と道を踏み外した者が、組んで盗み働きをしていた。無宿狩りに遭った紋次は、間が悪かったということか。

二

寅之助は蔦次郎と共に、足早になって永代橋（えいたいばし）を東へ渡って行く。少しでも早く、賊の正体を暴きたいからだ。日が落ちれば、賊は新たな動きを始める。

何度か、人とぶつかりそうになった。年寄りや子どもも歩いている。

「気をつけろ」

危うく倒れるところだった浅蜊（あさり）の振り売りに怒鳴られて、歩みを遅くした。右手には、江戸の海が広がっている。

「お波津さんは気が強いところがありますから、無茶なことをしなければいいと願います」

「そうですな。相手は人を手にかけていますからね」

蔦次郎の言葉に、寅之助は応えた。商人になることを踏まえて過ごしているから、えらそうな口の利き方はしない。

主の大村からは、見込みがあるならば羽前屋に奉公してもよいと告げられていた。大黒屋や羽前屋には活気があって、旗本屋敷にいるのとは違った。

旗本屋敷では、黙っていても時季がくれば、知行地から米が運ばれてくる。それを御用達として出入りを許している、決まった米問屋に売るだけだ。その米問屋は、よほどのことがない限り変わらない。

けれども商家では、仕入れも売りも商売敵の動きを踏まえながら、己の裁量で行われる。増やすこともできるが、しくじれば両方を失う。

ひりひりするような気持ちだ。商いに身を投じたいという思いは、日が過ぎるにつれて高まっていた。

寅之助と蔦次郎、それに正吉は、大村が調べに当たった天領の年貢米強奪事件で力を合わせたので、気持ちの面では近い間柄になった。会えばしばし立ち話はした。入荷量や価格の動きについてなどだ。

米は値動きの大きい商品だから、耳にしたことを伝え合うのは大事だ。ただ今日は、米商いとは異なる話をした。

「ご無礼だが、蔦次郎さんは、お波津さんには取り立てての思いがあるようですね」

これまでの様子から気がついていたので、問いかけた。軽い気持ちだ。お波津が婿を取る年頃なのは、誰かに言われるまでもなく分かっていた。

「まあ」

やや照れた様子だ。

「婿になろうという話ですね」

その話は、善太郎とお稲（いね）がしているのを聞いた。奉公人同士が噂話として口にすることはあったが、当人から聞くのは初めてだった。

蔦次郎が、今度の事件に関わっているのは、お波津が人質になっているからに他ならない。話はどの程度進んでいるのか、知りたかった。自分とは関わりのない話だが、どうでもいいとは感じなかった。

「決まってはいませんがね」

と告げられて、少しほっとしたのに驚いた。

「決まりそうですか」

「さあ、どうでしょう」

わずかな怯(ひる)みと、不満を含んだ返答だと寅之助は感じた。

「とはいえ蔦次郎さんがしていることは、誰にでもできることではないですね」

寅之助は、蔦次郎の尽力を認めて口にした。お波津を救い出すために、捕り方に握り飯を差し入れ、居続けて賊の正体を探ろうとしている。

「それほどでも」

実家が大店(おおだな)であることを、鼻にかけてはいなかった。傲慢(ごうまん)なやつではない。気のいいやつだとも思うが、そうやっていられるのは、次男坊ではあれ大店の家に生まれたからだと寅之助は思った。

自分や正吉には、できないことだ。戸川屋(とがわや)という大身代(しんだい)が、背後にある。そして
寅之助は、正吉のことを考えた。

「あの者は、朝からずっと雪隠(せっちん)を見張っている」

これも並大抵のことではない。寒い上に、さぞかし臭いだろう。にもかかわらず、自ら進んでことに当たっていた。

「なぜそこまでするのか」

それも気になった。札差の家から、手伝いに来ていると聞いている。札差と米問屋では、商いの質が明らかに違うのにだ。

ただ大黒屋の手代の誰かが口にしたことを思い出した。

「正吉さんも、お波津さんの婿に見込まれているのかもしれない」

それは明確な根拠があるわけではなく、感じたことを口にしただけだ。とはいえ正吉も、ついでで大黒屋やお波津のために何かをしているのではなかった。それは見ていれば分かる。

正吉はお波津に対して、蔦次郎のように愛想よく接してはいない。けれどもいないかのように振る舞っているのでもなかった。商いについては逐一報告をし、指図を受けていた。

口数が少なく頑固者にも見えるが、客への必要な対応はできた。口先だけのお調子者よりも、信頼を持てるとする顧客もあるとか。天領の年貢米の事件の折には、互いに味方として刃の下を掻い潜った。

頭に浮かんだ正直な気持ちだが、それが呟きになってしまった。

「えっ」

蔦次郎は、その呟きを聞いたらしい。驚きの顔を向けたが、それはわずかな間だった。永代橋を、渡り終えた。

蔦次郎は、寅之助と共に熊井町の自身番を尋ねた。十八年前のことを聞くには、闇雲に当たるだけでは埒（らち）が明かない。

自身番を目指す中で、蔦次郎は心の臓の動きが、いつもよりも速くなっているのを感じていた。それは寅之助が漏らした「正吉さんも、お波津さんの婿に見込まれているのかもしれない」という言葉があったからだ。

自分が誰かと比べられているかなどは、これまで考えもしなかった。次男坊ではあっても、大店戸川屋の倅（せがれ）であることは間違いなかった。出会った者たちからは、そういう目で見られてきた。

だから正吉については、米商いを学ぼうとする気迫のある者だとしか見ていなかった。もともとは、札差の店の手代だった。大店の生まれではない。

婿の候補は自分だけだと早合点していたが、寅之助の言葉で、そうではないと気がついた。もし正吉がそれなりの商家の家の生まれだったら、寅之助に言われるまでもなく気づいていただろう。

気持ちのどこかで正吉を下に置いていたから、寅之助に見えたことが自分には見えなかったと分かる。

「そうだとしたら」

ずいぶんと傲慢ではないか。蔦次郎は、己を恥じた。

お波津は自分に優しいが、それは恋情ではないように感じる。

正吉は歳もぴったりだし、わざわざ札差の家から修業に来ているのも、考えてみれば婿の候補となっているからこそではないか。ただこれまで見てきた様子から、正吉が、お波津に恋情を持っているとは感じない。

そもそも婿選びは、恋情ではないことも分かっていた。大黒屋が誰をお波津の婿にするか、複数の候補がいてもおかしくはなかった。

「だとすると……」

隣を歩いている、商人になろうとしている寅之助だって、その一人と見られているのかもしれない。本人が分かっているかどうかは別だが。

忌々(いまいま)しい気がしたのは確かだが、小さな舂米屋(つきごめや)から一代で大店の問屋にした角次郎ならば、尋常な考え方はしないかもしれない。

「では、気持ちが醒(さ)めたか」

　蔦次郎は、胸の内で己に問いかけた。失望はあったが、断られたわけでもない。お波津は戸川屋の身代を考慮しないで、こちらを見ている。これまでに出会わなかった者だ。

「しかたがない」

　大黒屋とお波津への関心が、萎んだわけではなかった。そこで熊井町の自身番の前に出た。

　自身番に詰めている書役は初老で、大家は四十代前半の者だった。

「扇屋さんのことは、覚えていますよ。書役になったばかりの頃の出来事です」

　大家は、熊井町にはいなかった。

「分かることだけでも、話していただけませんか」

　蔦次郎は頭を下げた。

「それならば、もっと詳しい方をお教えしましょう」

　町内に住む、蠟燭屋の隠居を紹介してくれた。行ってみると、隠居は気持ちよく、話をしてくれた。

　日向ぼっこをしていて、退屈していたのかもしれない。

「孫吉は料理屋では一番下っ端の追廻しから始めて、ようやく板場では二番目の脇板を任せられるまでになった」

一番の本板は高齢で、あと数年で隠居をする。孫吉は当時三十三歳で、働き盛りだった。

「どのような料理屋でしたか」

「少々値は張りますが、味では評判の店でしたよ」

「それが、傾いていったわけですね」

「ええ。跡取りは商いには目を向けない。長年働いてきた店が、放蕩息子のせいで潰されるのは、耐えられなかったでしょうね」

店にあった金二十一両を奪って逃げた。さらに放蕩息子を、半殺しの目に遭わせた。

「よほど悔しかったのでしょう。苦労しらずの遊び人が、二十年ほども修業をしてきた店を潰すんですから」

「孫吉に、女房や子どもはなかったのですか」

「いましたよ」

「今は、どこにいるので」

「さあ。どうでしょう」

知るわけがないという顔をされた。

「一緒に逃げたのですかね」

「いや、違いますね」

孫吉だけが、金を持って一人で逃げた。

「薄情なやつですね」

「まあ、そうなります。事件については、すぐに捕り方が出ました」

女房と子は、土地の岡っ引きに押さえられた。事件のことは、捕り方が来るまで知らなかった模様だ。その折の事情を知りたいところだが、調べに当たった岡っ引きは、すでに亡くなっている。

「どのような咎めがあったかは知りませんがね、母親と子どもは町から出て行きました。いられなかったでしょうねえ」

行方を知る者はいない。

「女房と子どもの名は」

「ええと」

隠居は首を傾げてから、古い綴りを取り出した。指を嘗めながら紙を捲った。

「おりくさんと玉吉ですね」

玉吉は、三歳から四歳くらいだったとか。

「孫吉は、その後女房や子どもと会ったのであろうか」

「さあ、どうでしょうかねえ」

夫婦仲は、悪くなかった。

三

「ううっ」

お多代が、また呻き声を上げた。堪えているらしいが、それでも声が漏れてしまうようだ。

腹の痛み、もしくは吐き気などの苦しみが体を襲っているに違いない。額に脂汗が浮いているのが、お波津にはよく分かった。背中をさすってやりたいが、何もできないのが歯痒かった。

「早産になりかかっているのではないか」

そう考えて、どきりとした。

他の者と同じように縄で縛られているから、いかにも辛そうだ。産婆に見せなくてはならないのかと感じた。

亀に強く頬を張られた痛みが、まだ顎に残っている。しかしもうそのままにはできない気がした。

たまたま見張りが、亀から梅次郎と呼ばれる者に代わった。こちらの方が、まだ話が通じそうだと感じて、お波津は声をかけた。

「この人、お産かもしれない」

言ってからお多代に目を向けた。

「何だと」

厄介そうな顔になって、見返してきた梅次郎には困惑の気配もあった。

「せめて、縄を解いてあげて。逃げたりしないから」

そんな気力はないと、見ればわかる。また頬を張られるかもしれないと覚悟したが、それはなかった。

梅次郎もお多代を見て、異変を感じたらしかった。

「待っていろ」

一人では決められないのだろう、帳場から出て行った。何とか、縄を解いてやってほしかった。

しばらくして、紋次と孫が姿を現した。

「生まれるのか」

腰をかがめた孫が問いかけた。優しい感じではない。紋次は、冷ややかな眼差しで見下ろしている。

「どうする」

「かまわねえ、放っておけ」

孫の問いかけに言葉を返した紋次は、そのまま行ってしまおうとした。

「待って。このままじゃあ、この人も赤子も、助からない」

お波津は訴えた。

「お、お願いです」

横にいた番頭の万兵衛も声を出した。お多代の容態を案じていたらしい。他の奉公人たちも、懇願の眼差しを向けた。

「どうする」

孫が紋次に訊いた。縄を解いてもいいという雰囲気があった。喜利衛門やお楽も、娘を案じているに違いない。

「よし、そいつだけだ」

紋次は舌打ちして、行ってしまった。孫が匕首で、お多代の縄を切った。

「よく見張れ。逃げようとしたら、殺せ」

梅次郎に命じた。凄味のある口調で、本気で言ったと感じた。

「へえ」

強張った顔で、梅次郎は頷いた。お波津はほっとした気持ちになったが、お多代はそれでも辛そうだ。体を丸めて、苦しそうにしている。気が気ではなかった。

蠟燭屋の隠居から聞き取りを済ませ引き上げようとしたとき、寅之助が念を押すように問いかけをした。

「では十八年の間、孫吉や母子の話は、一度も聞かなかったのであろうか」

それで隠居は、考え込んだ。蔦次郎も、隠居を見詰めた。

「そういえば、誰かがあいつを見かけたと言っていたな」

「いつ、どこででしょうか」

「ええと。二年くらい前で、東両国の人ごみの中にいたとか」

「一人でしたか」

「いや。若いのと一緒だったと聞いたが」

十六、七歳といったところだそうな。

「玉吉か」

「いや、そうではないでしょう。それならば、もう二十歳を過ぎています」

「なるほど」

蔦次郎の言葉に、寅之助は頷いた。

「時期としては、芝の質屋を襲ったときと重なりそうです」

「そういえば」

では誰かと考えて、二人の声が重なった。

「梅次郎ですね」

歳は同じくらいだ。

「あのときは、紋次らは舟で逃げました」

「その折、もう一人舟で待っていた者がいたのではないかという話でしたね」

ありそうだと、蔦次郎と寅之助は頷き合った。

「見かけた人に、会えませんか」

詳しいことを聞きたい。

「見かけたのは荒物屋の手代で、今ここにはいない。本所の同業のところへ婿に入った」

場所と店の屋号を聞いて、足を向けた。どこへでも行くつもりだった。

店はすぐに分かって、婿には手間なく会えた。

「そういえば、見かけました。でも話をしたわけではないですからね。若い衆については、どんな顔だったかもまったく覚えていません」

二年も前にちらっと目にしただけだ。当然の反応だった。それ以上のことは、聞けない。ここまでを、角次郎らに伝えるしかなかった。

四

縛め(いまし)を解かれたお多代だが、四半刻(しはんとき)(約三十分)ほどして、腹を抱えて小さな呻き声(うめ)を上げるようになった。体が前屈み(まえかが)になった。傍にいるお波津は、何かしてあげたかったが縛られたままでは何もできなかった。

梅次郎が、困惑の眼差しを向けている。五人の中では亀と梅次郎が下っ端らしいが、性格は違う。亀の方が非情で凶暴だ。

「生まれるかもしれないよ。ここから出さないと」

お波津は梅次郎に言った。見張りが梅次郎なのが幸いだ。困らせるつもりで口にしていた。

「いや、それは」

紋次や孫に伝えるのを躊躇(ためら)っている。思いがけない成り行きなのだろう。

「あんたらは、人殺しをしていない。でも死産をさせたら、人殺しの一味になるよ」

さらに脅したつもりだった。

「…………」

返事はせずに、梅次郎は帳場を出た。そして助十(すけじゅう)と戻ってきた。

「放っておけ。人質は多い方がいい。どうなろうと、知ったことじゃあねえ」

一瞥(いちべつ)しただけで、行ってしまった。

「あの年嵩(としかさ)の人にも、聞いてよ」

助十や亀では、話にならない。お波津はもう一度頼んだ。

「駄目だ」

あっさり返された。

「そんなこと、言わないで」

「あの人にも、話はしたんだ」

と告げられると、それ以上どうにもならなかった。皆、人でなしだ。怒りと恨みで、体が震えた。

ここで小僧の一人が、雪隠（せっちん）へ行かせてくれと声を上げた。我慢をしていたらしい。

「駄目だ。しばらく堪（こら）えろ」

とやられた。一人許すと、次々に続くのが面倒なのだ。縄を解かなくてはならないからかもしれない。

しかし小僧は、そこで漏らしてしまった。おそらく今までも、そうとう堪えていたのかもしれない。

「ふざけやがって」

梅次郎は小僧を張り飛ばしてから、縄を解いた。雑巾（ぞうきん）で濡（ぬ）らした床を拭（ふ）かせた。けれども着替えはさせなかった。探して持って来るのが面倒なのかもしれない。その間に捕り方から襲われたら、その分動きがおそくなる。

「私も行かせて。汚したら、困るじゃないか」

お波津は言った。他にも続けて漏らす者が出たら、厄介だと気づかせたい。

「ちっ」

梅次郎は仕方がないという顔で舌打ちをし、雪隠へ連れて行った。

お波津はここで、用意していた懐紙に、焦げた炭で文字を書いた。

『さんば　よこして』

走り書きだ。丸めて、連子窓の隙間から投げた。前のが読まれたかどうかは分からないが、必死だった。


雪隠を外から見張っている正吉は、建物の陰から動くこともできなかった。動けば、気づかれる虞があった。

「しかし困るぞ」

自分が小用を足したくなる。寒いからなおさらだ。急いで行ってきた。

半日以上続けているから、じっとしていると体が痛くなってくる。においは、多少慣れてきた。

もちろん、投げられる文を待っているだけではない。何かあったら腰の長脇差を抜いて飛び込む段取りだった。そのときは、できる限りのことをする。

　ただ賊に動きはなかった。雪隠に来る者はいたが、声は出さなかった。

他にすることがないから、大黒屋の商いとお波津のことを考えた。

お波津は帳付けも確かだったが、百文買いの客あしらいも見事だと思い至った。

百文の商いだから、一回の客の利は薄い。しかし重なると馬鹿にならないものになった。切れずに客がやって来るのは、お波津が相手をするからだ。

おおむね問屋では、食べる客の顔を見ることはない。ましてや札差では、米は右から左へ移して利を得るだけの品だった。しかし大黒屋では違った。

「何だい。今日は、お波津さんはいないのかい。じゃあ、また来るよ」

という客は少なくない。米を受け取った後、少しばかり世間話をする。お波津は、愚痴や悩み事を聞いてやる。ときにきつい言葉を口にすることもあるが、聞く姿勢は崩さなかった。

気丈なだけではないと、今になって感じるのだ。

お波津と、割安で売るための屑米(くずまい)を仕入れるために舂米屋(つきごめや)を廻(まわ)ったことがあった。要領が分かりお波津のつきそいは一回で終わってしまったが、今になってみると、もっと続けてもよかった。お波津のいろいろな姿を見られたかもしれない。

もし大黒屋の婿になったら、お波津とは祝言を挙げることになる。頭では分かっていたが、実感がなかった。しかしお波津からの文を待ってじっとしていると、それはまったく無縁だとも思えなくなった。

賊に捕らえられ、明日の命がどうなるかも分からない。その中で賊の名を調べて文にしてくる胆力は、並なものではなかった。

「この建物の中で、何をしているのか」

内側から閉じられて、縛られてどこかで蹲っている。

「救い出してやりたい」

それは大黒屋がどうこうではなく、お波津という娘に対しての気持ちだった。初めての思いだが、恋情かどうかは分からなかった。

そして婿となるかもしれない者として、蔦次郎のことも考えた。

「あいつ、親し気によくやって来るな」

そのたびに、お波津に声をかけていた。嫌なやつではない。公儀の年貢米強奪のときには、力を合わせた。そしてあのときも今回も、義理や企みはない。あるとすれば、婿に入るかどうかだけだと考えた。

「婿に入るつもりなのか」

呟いた。会えば雑談はするが、そういう話をしたことはなかった。初めて気になった。

ただだからといって、蔦次郎を嫉む気持ちが湧いたわけではなかった。

「よく分からない」

というのが本音だ。そのとき、閉じられていた雪隠の連子窓から、白いものが飛んで出た。懐紙を丸めたものだ。窓はすぐに閉じられた。

「おおっ」

出かけた声を、呑み込んだ。周囲に目をやってから飛び出して紙を拾い、再び物陰に隠れた。丸めた紙を、広げて見ないではいられなかった。

指が少し震えた。今しがたまで、お波津が手にしていたものだ。微かなぬくもりがある。

『さんば　よこして』

短い上に、文字が前よりも乱れている。意味が分かるのに、一呼吸するほどの間がかかった。ただならぬ気配が、文字から伝わってきた。

五

喜音屋を囲む捕り方は、交代で仮眠を取っている。昼の握り飯は、お多代の嫁ぎ先である川路屋が用意をした。味噌汁も拵えられていて温め直された。捕り方たちの体が冷えているだろうという、文蔵の配慮だ。

一夜寝なかった嶋津や井坂も、仮眠を取った。与力の河崎は、苛立った目で建物を見上げ、強攻策に出ない嶋津を折々睨みつけていた。強攻策に出れば、人質に被害が及ぶことは気づいている。ただ河崎にとって大事なのは、それではなかった。公儀の威光と、己の体面である。角次郎が見る限り、河崎は仮眠を取っているようには感じない。目を赤く腫らしていた。

言葉に従って嶋津がなせば、片は付いても大きな犠牲が出る虞は大きい。そうなればなったで、非難を浴びる。それも厄介なのだ。

「仮眠を取られた方が」

「余計なことを申すな」

声をかけると、そんな言葉が返ってきた。

人質の救出を一番に考え、ご公儀の御威光をその次に置く嶋津にしてみれば、強引な真似はしない。それは角次郎や善太郎らも同じ気持ちだった。

中にお波津がいるが、他の命も掛け替えがない。打つ手がないまま、日が傾いてゆく。この時季は、日が落ちるのが早い。

蔦次郎と寅之助が、深川から戻ってきた。角次郎と共に、善太郎や起き出してきた嶋津も話を聞いた。

「そうか。孫吉もああなるには、それなりの昔があったわけだな」

「共に歩いていたのが梅次郎ならば、二人組にまず加わり、さらに助十と亀助が仲間になったという流れだな」

角次郎の言葉に嶋津が頷いた。

「おりくと玉吉を捜し出せるといいが、難しそうですね。何しろ、十八年も前のことですから」

善太郎が続けた。町奉行所の綴りには、罪人の女房として調べられ、江戸払いとなったと記されていた。それ以上の記述はない。

「幼子を連れて、どこへ行ったのでしょうか」

蔦次郎の声には、憐れみが混じっている。

「孫吉は、捜したのでしょうか」

「出会えてまともに暮らしていたら、盗人仲間には入らなかっただろうよ」

寅之助の問いには、角次郎が答えた。

「孫吉にしてみれば、おりくと玉吉には、それなりの思いがあるだろうからな」

と嶋津が返したところへ、雪隠の見張りをしていた正吉がやって来た。

「こんなものが、投げ出されました」

受け取った嶋津が、文字に目をやる。他の者にも見せた。

一同に、衝撃が走った。

「お多代さんに、陣痛があったのではないか」

文字が乱れている。切迫した状態だと察せられた。お波津は、少々のことでは動じない。

「ああっ。お多代と赤子は、どうなるのでしょう」

投げ文に目を通した文蔵は、悲鳴に近い声を上げた。手が震えている。

「産婆ということは、今の状況で生むことになるのでしょうか」

善太郎は、強張(こわば)った顔を向けた。声がかすれている。お稲が赤子を生むとき、善太郎は切迫した状況の中で、何もできずにおろおろしたと角次郎は聞いている。たいへんさが分かるのだ。

お波津が産婆を望んだのは、賊たちが、お多代を人質のままで赤子を生ませようとしているからに他ならない。

文蔵は、口をぱくぱくさせたが、声を出すことができなかった。

「ともあれ産婆を、入れなくてはなりません」

正吉が言った。

「しかし凶悪な賊たちの中に、入っていこうという産婆などいるのでしょうか」

蔦次郎が言った。己も人質になるようなものだ。子どもが生まれた後、無事に帰ってこられるとは限らない。

「その前に、賊たちは産婆が入ることを許すでしょうか」

寅之助の言葉はもっともだ。

「賊の許しを得たのなら、お波津は投げ文で伝えなくても済むわけだからな」

角次郎の手に戻った一枚の懐紙が、それらの事情を伝えてきた。お波津は追い詰められているのだろう。

「紋次に当たってみよう。お多代だけでも引き渡せとな」

「うむ。産気づいた人質は、やつらにしても厄介だろうからな」

「ぜひ、そうしましょう」

角次郎と嶋津のやり取りを聞いていた善太郎も頷いた。

蔦次郎と正吉、寅之助も同じ気持ちらしい。井坂も起きてきた。河崎にも伝えた。知らせておかないと、後が面倒だ。

「さっさとやれ。陣痛の始まった女など、向こうには邪魔なだけだろう。その折に、一気に踏み込めばよいのだ」

河崎はお多代を連れ出すことを、賊を捕らえる手段としか考えていなかった。蔦次郎や正吉、寅之助は、河崎に怨嗟の目を向けた。

声をかけるのは嶋津だ。しくじった場合のことを考える河崎は、前には出ない。

「うまくいったら、己の手柄にする気だな」

善太郎が呟いた。嶋津が店の前に立った。

「おい、紋次。出てこい。話があるぞ」

名を呼んだ。驚いたはずだが、動揺させる気持ちもあった。三回目に、二階の窓が三寸ほど開かれた。

「お多代を引き渡してほしい。そろそろ産気づいているはずだ」

「うるせえ。そんなことは、知ったこっちゃねえ」

名を呼ばれて、それなりに動揺があったに違いない。苛立たしさが、口ぶりにあった。普通なら、なぜ名を知られたか気になるところだろう。

しかし告げられた名については、肯定も否定もしなかった。

「そうはいかぬ。このままにすれば、無駄に二人の命を奪うことになる。その方らの得にはならぬことでな」

「……………」

「外へ出すのは、お多代だけだ」

嶋津は、その一点を強調した。

「都合のいいことをぬかすな。戸を開けたら、押し込んでくるつもりだろう」

嘲笑った。響く声だった。

「そのような真似はせぬ。他の者も、大事な命だからな」

「ならば暗くなったときに、小細工をせず、おれたちを出せばいい」

それで紋次は、窓を閉めようとした。

「待て。ならば産婆を入れさせろ。赤子は、生ませなくてはならぬ」

「産婆だと」

意外な申し出だと感じたらしかった。人質を増やすという提案だ。しかも女である。

何も答えず、紋次は窓の隙間から顔を離した。戸は閉めないから、他の者と相談をしていると思われた。少しして顔を出した。

「産婆だけだ。急いだほうがよさそうだぜ」

それだけ告げると、紋次は窓を閉めた。「急げ」というくらいだから、中ではよほど差し迫っているのに違いなかった。

「今はまだ、大丈夫なのだな」

嶋津が問いかけたが、返答はなかった。

「ううっ」

文蔵が苦しそうに呻いた。

六

「お多代がかかっている産婆は、どこの誰か」

嶋津は、左隣の乾物屋で控えている縁者に訊いたが、首を横に振られた。そこで土間で呻いている文蔵に尋ねた。

「それは」

すぐには思い出せない。頭が混乱しているようだ。

「お茂さんだと思いますが」

やっと思い出した。喜音屋からは、二つ先の町に住む者だ。善太郎が走った。蔦次郎や正吉、寅之助がついてきた。じっとしていられないのだろう。皆、同じ気持ちだ。

「私も行きます」

文蔵も言ったが、ここで何があるか分からない。善太郎らに任せるように嶋津が話した。

「家にいるといいですね」

走りながら、蔦次郎が言った。いたら、辻駕籠に乗せる。

家に着いた善太郎たちが声をかけても、すぐに返事はなかった。しんとしている。留守かと思われたが、数度声掛けをすると、ようやく返事があった。返事というより咳き込む音だ。

お茂は家にいたが、風邪を引いて寝込んでいたのである。

「そうかい。お多代さんがねえ。案じていたんだけど」

押し込みの噂は聞いていた。

「行ってもらえませんか」

「でも、あたしゃあ足がふらついて」

ここでまた咳き込んだ。治まるのに、手間がかかった。熱もあるらしい。もう六十を過ぎた老齢だ。近頃寒くなってきて、調子が悪くなってきたのだとか。

お多代や生まれてくる赤子に、風邪を移すわけにはいかない。連れ出すことは、あきらめた。

「では誰か、行ってくれそうな人を教えてください」

一刻を争う。

お茂は咳き込みながら、それでも四人の名を挙げた。手分けして行くことにした。

善太郎は、堀留町（ほりどめちょう）の産婆を訪ねた。

「行ってあげたいけどねえ。そんな何をするか分からない盗賊のいるところへなんて、怖くて行けませんよ」

「しかしこのままでは、母親と赤子の命が」

じれったい思いで、善太郎は言った。こちらの産婆は、風邪など引いていない。歳もお茂よりだいぶ若かった。

「じゃあ、あたしの命は、守っていただけるんですか」

「もちろん、できる限りのことはする」

「できる限りなんて、できないかもしれないってことじゃないか。くわばらくわばら」

首を振りながら続けた。

「前から診ていたんならともかく、そうじゃない。こんなときだけ来られても」

「いや、銭は弾む」

「銭だけのことじゃありませんよ」

話にならなかった。腹立たしい気持ちが芽生えかけたが、目の前の産婆の心中が分からないわけではなかった。恨んではいけない。

角次郎のもとへ戻ると、他の者も同様だった。

「怖がって、話になりません」

怖がる産婆たちに、無理強いをさせるわけにはいかない。

「大村家出入りの産婆を頼みましょう」

声を上げたのは寅之助だった。

「知っているのか」

「半年前に、家中の者で出産がありました。殿に、お願いいたします」

躊躇(ためら)っている間はなかった。

寅之助は、麴町(こうじまち)の大村屋敷へ駆けた。大村は、屋敷にいた。すでに盗賊のことは知っていた。すぐに詳細を伝えた。

「そうか、中に大黒屋のお波津がいるのか」

表情が変わった。寅之助は、町の産婆から断られたことも伝えた。

「何が何でも、早く賊を捕らえよという者はいる。しかしな、死傷者が出れば出たで、責める者は出るであろう」

大村は言った。

「懐紙を投げて中の様子を知らせるなど、お波津はよくやるではないか」

「ははっ」

お波津が褒められるのには、満足があった。

「産婆は、何とかしよう」

と言って、大村は文を書いてくれた。

「これを持って、今すぐ参れ」

看板を下げた者ではない。昵懇(じっこん)の旗本の用人の母が、取り上げるのだとか。

「急ぎであろう。当家の馬を使え」

「かたじけなく」

寅之助は、大村家の馬に跨(また)がった。旗本屋敷は駿河台(するがだい)にあった。ここで大村からの書状を、門番に差し出した。

「待たれよ」

門内に通され、しばらくして現れたのは、五十代後半とおぼしい背筋のぴんと張った、いかにも武家女といったきりりとした外見の者だった。大村からの文を手にしていた。

「いきなり馬で、何事かと思いました」

「お騒がせをして、相すみませぬ」

寅之助は頭を下げた。

「大村様のご依頼とはいえ、参るとなれば命懸け。一つお尋ねしたい」

「何なりと」

得心しなければ、大村の依頼でも動かないかもしれない。そういう芯の強さを感じた。

「その身重の者とそなたとは、取り立てて親しい間柄とは感じませぬ。なぜそこまでなさるのか」

「それは」

大黒屋や羽前屋のためだが、それだけではない。投げ文に託した、お波津の思いがあるからだ。ただそれを、どう伝えればよいのか。

思案したが、正直に伝えるしかないと腹を決めた。

「主家の娘であるお波津という人が、人質に取られています。その人が、赤子を取り上げられる人が欲しいと告げてきました」

雪隠からの投げ文について伝えた。

「そなたは、お波津という人の願いを叶えたいわけですね」

「はい」

「何ゆえ」

睨まれたような気がした。ただ答えるのに、躊躇いはなかった。

「生ませるために、命を懸けていますゆえ」

「分かりました。参りましょうぞ」

一呼吸するほどの間を空けてから言った。小さな風呂敷を持ってきた。雪江という名だそうな。

「では」

寅之助は雪江を馬に乗せて、小網町へ走った。

蹄の音が近づいてくる。

「寅之助ではないか」

善太郎が言うと、乾物屋で待機していた者たちは皆ほっとした表情になって頷いた。

寅之助が、武家女を連れてきた。

「よし。すぐに中に入っていただこう」

嶋津は丁寧な口調で言った。そこへ河崎が現れた。

「戸が開けられる。そのときこそ好機だ。一気に押し込む態勢を取れ」

決意をこめた眼差しで言っていた。

「そんなことをしたら、やつらお多代を殺しますよ」

と嶋津は、冷ややかな眼差しを向けた。

「そのときは、いたし方あるまい。他の者を守るためだ」

「他の者だと」

怒りの声を上げたのは、正吉だ。蔦次郎も、憎悪の眼差しを向けている。それで河崎はいく分怯んだ気配を見せたが、引いたわけではなかった。

「わしは命じたぞ」

言い残して、この場から去った。自分は攻めることを命じた、としたかっただけだ。決意などない。

「入っていただこう。我らは、何もいたさぬ」

嶋津が雪江に言った。

「お、お頼み申し上げます」

文蔵が駆け寄って来て、土間に両手をついた。

雪江にしても、覚悟はしているはずだった。いきなり与えられた厄介な役目だ。しかし苦情めいたことは口にしなかった。

「紋次」

嶋津は、声を上げた。

「産婆殿だけだ。我らは近寄らぬ」

雪江が一人で、表通りから店の軒下に立った。すると待つほどもなく、潜り戸が内側から開かれた。

七

嶋津と紋次のやり取りに、お波津は耳をそばだてた。これからどうなるのか、そのやり取り次第だ。他の人質たちにも、不安はあるはずだと思った。些細なことで賊はよく苛立ち、小僧はよく叩かれた。

外とのやり取りについては、おそらく盗賊たちも、これからの展開に固唾を呑んで耳を傾けているはずだった。

「捕り方と賊の間で、ぶつかり合うようなことが起こるかもしれない」

お波津は、そう考えてどきりとした。そうなったら、産婆は入れなくなる。それどころか、逆上した賊たちは人質を殺すかもしれなかった。

それだけは避けたかった。

そして賊たちの話しぶりから、五人の序列が徐々に見えてきた。頭の紋次、孫、助十、亀、梅次郎の順だ。

気配から、産婆は建物の中に入ったらしい。戸が閉じられる音がした。まず紋次と孫が帳場に姿を見せた。そして五十絡みの武家女が現れて、お波津は驚いた。

きりりとした表情だ。自らも人質の一人になるわけだから、何も感じないはずがない。けれども揺れる気持ちを、外に出していなかった。

「雪江と申します」

ここで初めて、声を出した。

「おめえの名なんて、どうでもいい。さっさとやれ」

このとき見張りをしていた亀が言った。お多代の様子に目をやった雪江は、傍へ駆け寄った。腹に手を当て、次に額に手をやった。

出て行こうとする紋次と孫に、雪江は声をかけた。

「他の部屋に、移してもらいまする。ここでは赤子を生めるわけがない」

立ち去りかけた二人が、足を止めた。悪党でも、雪江が口にした意味は分からしかった。出産は近い。

「うるせえ。四の五のぬかしやがるな。ここで生めばいいんだ」

と言ったのは亀だった。亀は、産婆を入れることに反対していたのだろう。

「ううむ」

紋次と孫は、考えるふうを見せた。別室に入れるとしたら、新たな見張りが要ると考えたのか。

このままでは、雪江の申し出は無視されるかもしれない。黙っていられなくなって、お波津は口を開いた。

「お産をさせると決めたんだから、別室を使わせるのは当たり前じゃないか」

「黙りやがれ、このあま」

　亀が駆け寄ってきて、頬を張られた。避けることも、逃げることもできない。顎が外れるかと思うくらいの衝撃だった。声もすぐには出ない。涙だけが、じわりと湧いた。

　とはいえ負けてはいられないと思った。お多代と赤子の命がかかっている。鼻から息を吸って腹に溜め、めげそうになる気持ちを奮い立たせた。

　堪えようのない怒りもあったから、亀を睨みつけた。

「何だ、その目は」

　亀はもう一度殴るしぐさをした。追い詰められた者が錯乱の中にいる。何を言っても通じないだろう。

「やめろ。女を殴ってどうする」

　告げたのは、孫だった。

「でもこいつは」

　亀は不満を示したが、紋次も孫も、見返しただけだった。亀もこの二人には歯向かえないようだ。

「空き部屋はいくらでもある」

　孫が顎をしゃくった。そちらへ移すことになった。

「手伝いがいるよね」

ここでお波津が、また声を上げた。

「何だと」

また亀が、苛立たしそうな顔を向けた。

「あんたたちで、湯を沸かしてくれるのかい」

お波津は賊たちを怖れてはいるが、怯んではいなかった。今しがた殴られた痛みは残っている。最初にやられたときの痛みが、やっと治まったところだ。殴られるのは嫌だが、命の方が重い。

「そうだな、おれたちはそんなことはしねえ」

孫が返した。紋次は黙っている。かまわない、ということらしい。

「じゃあ、いいんだね」

救われた思いで、お波津は言った。

「だがな、外のやつらがふざけたまねをしやがったら、まず女と餓鬼から殺す」

孫は、優しい男ではなかった。

「この前の猫のようにしてな。地べたに叩きつけてやる」

と続けられて、体が強張った。

孫は、お波津の縄を切った。与えられた部屋は、台所と帳場の間にある六畳間だった。お波津は、寝床を敷いた。

「すぐにも、生まれるのですか」

敷きながら、傍にいた雪江に囁いた。

「たぶんまだ。ただ何が起こるかは分からない」

それ以上の話はできなかった。助十が見張りに来た。

「襖は、開けておくんだ」

受け入れないわけにはいかなかった。雪江の動きには無駄がない。武家の女がどうしてここへ現れたかは不明だが、立ち居振る舞いを見ていると信頼はできた。産婆としての役目を、幾たびも果たしてきた者と感じた。

お波津は竈に火をくべ、いつ何があってもいいように湯を沸かす。そして角次郎や嶋津のことを考えた。

「賊たちをそのままにはしない」

これは間違いなかった。それがいつかという問題だった。早く解放されたいが、今は出来るだけ後になってほしかった。

孫は、口にした以上はやる。甘い期待をかけてはいけないと、自分でも分かっていた。墨になりそうな小枝を拾って火を消し、袂に入れた。

八

雪江が建物の中に入ると、戸はすぐに閉められた。

「なぜ攻め込まぬ。命じたはずだぞ」

苛立った顔で河崎が言った。

「無理にやれば、やつらはまず産婆と身重の女を殺しまする」

嶋津が、落ち着いた口調で返した。

「そのようなことを申していては、何もできぬ」

ならば己が命じればよかったではないかと善太郎は思うが、口には出さない。出せば逆上して、とんでもないことを言い出すかもしれなかった。

一々手間のかかる人物だ。

「死傷者を出さぬように努めることが、我らの務めかと」

「さよう。罪もない商人や身重の女を死なせたとなれば、指揮をなされた与力として、悪しき評判に晒されかねませぬ」

嶋津と角次郎が続けた。

「あの武家の産婆は、二千石の御旗本がわざわざお寄こしになられたもの。それを河崎様のお指図で、むざむざ死なせてしまってよろしいので」

善太郎は、不満が口をついてしまった。「河崎様のお指図で」というところを、強調した言い方になっている。

「何だと」

怒りの目を善太郎に向けた。揚げ足を取られたと感じたのかもしれない。しかし善太郎は目をそらさなかった。

「ならば、どのような手立てがあるというのだ」

唾が飛んできた。答えようとしたとき、嶋津が返した。

「暗くなれば、向こうから何かを言ってくるでしょう。このままでは、埒があきませぬからな」

賊の方も、焦れているはずだと言い足した。

「そうだな」

向こうも焦れているはずというのは、得心したらしい。

「赤子が生まれるのは、そう先ではございますまい。いつ生まれるかもありますが、赤子を連れて逃げることはないでしょう」

「いかにも。泣かれては、居場所を教えるようなものですゆえ」

角次郎の言葉に、嶋津が続けた。

河崎の命には従わなくても、無視はしない。嶋津はしたたかだ。河崎も、嶋津らの力を得て事件の解決を図らなくてはならなかった。

建物の中の様子は分からないままだ。すぐに赤子が生まれるのか、そうでないのか見当がつかない。

「生まれれば、泣き声が聞こえるはずですね」

文蔵が、窶れた顔で言った。一日足らずで、四、五歳は老けた。

日が暮れるのにはまだ間があった。盗賊五人のうち、名だけでまだ素性が全く分からないのが「助十」という者だ。

「もう少し、当たってみましょう」

蔦次郎が言った。

「他の四人と、必ずどこかで繋がっているはずです」

と口にしたのは、正吉だった。

「亀助あたりでしょうか」

その亀助は、箱崎町の版木彫り職親方政蔵のもとで働いていた。兄弟子と悶着を起こして辞めさせられたと聞いているが、それ以外のことは分かっていなかった。

そこで蔦次郎と寅之助は、亀助について再度調べてみることにした。正吉は、引き続き雪隠の見張りに入る。

蔦次郎は、寅之助と共に、まず箱崎町へ行った。亀助が奉公していた版木彫り職政蔵を訪ねるつもりだった。

何人かに訊いて、住まいを探した。百坪くらいのしもた屋で、手入れの行き届いた建物である。

声をかけると小僧が出てきたので、蔦次郎は亀助について聞きたいと伝えた。すると現れたのは、二十代半ばとおぼしい歳の職人だった。細かな木屑が、前掛けに付いていた。

「亀助が、何かしましたかい」

「まだはっきりしませんが、気になることがありまして」

蔦次郎は、下に出て口にした。悪事に関わっているかもしれないとはにおわせた。

相手は不快な顔をしなかった。

「あいつは、兄弟子のあっしに、仕事用の鑿(のみ)の刃先を向けたんですよ。ちょっとしたことに腹を立てて」

それで追い出された。

「ちょっとしたこととは」

「若親方の財布がなくなって、皆で捜した。そしたら空になった財布がやつの道具箱の中から出てきた。見つけたのはあっしなんですがね」

亀助は、空の財布を道具箱に入れたのは、その兄弟子だと言い張った。ふざけるなとやり合っているうちに、激昂(げきこう)した亀助は仕事用の鑿を手に取った。

「それじゃあ、いられねえでしょう」

二年前のことだとか。他の職人からも聞きたかったが、それはできなかった。

「仕事中なもんで」

体(てい)よく追い返された。

それで蔦次郎は、近くの小間物屋の手代に問いかけた。手代は、こちらを不審に思う様子もなく応じた。

「彫政(ほりまさ)さんは、確かな仕事をするというのはよく耳にします。文字だけでなく、錦絵(にしきえ)も彫ります。見事なできですよ」

政蔵は、彫り師としては名の知られた者らしかった。修業は厳しいから、数年やれば、弟子たちもなかなかの腕になるとか。とはいえ職人の親方らしい頑固さはあったようだ。

「亀助という職人がいたのを、覚えていますか」

「そういえば、いましたね」

「兄弟子に、鑿の刃先を向けたと聞きました。若親方の財布を盗ったとか盗らなかったとかの悶着で」

すると手代はため息を吐いた。

「そういうことに、なっていますけどねえ。違う話も聞きますよ」

「ほう。どんな」

「盗んだのは、兄弟子の方だったんじゃないかって。空の財布を入れたのは、兄弟子の方じゃあないかって」

「本当ですか」

「あくまでも噂ですけどね。亀助さんは、確かにかっとすれば何をするか分からないところはありましたけど、兄弟子に鑿の刃を向ける人ではなかったと思います。ただ噂ですから、残った兄弟子や彫政さんの言うことが、本当となっています」

その兄弟子は、癖のある者らしい。親方の甥で、金遣いが荒かったという噂もあった。

蔦次郎と寅之助は、通りの端に出て話をした。

「あの手代が言った噂がもし本当ならば、亀助はたまらないでしょうね」

「そりゃあそうでしょう。気持ちが荒んで、地回りの子分にだってなったでしょう」

「もう少し、知りたいですねえ」

そこで彫政で修業をして一本立ちした版木彫り職人を訪ねて、話を聞くことにした。小間物屋の手代は、その職人の住まいを知っていた。

「亀助ですか。まあいろいろ噂はありますけどね。兄弟子に鑿の刃先を向けたとなっちゃあ、まともなところでは雇わないでしょうね」

そこで昔のことを尋ねた。

「あいつは水戸街道の若柴宿近くの村の水呑の倅でね。十歳のときに奉公に出てきたんですよ」

度胸があって、物怖じしない。十九歳で文字だけでなく錦絵も一部彫らせてもらえるようになった。

「もし財布を押し込まれたという噂が本当ならば、鑿を向けた気持ちは分かります。

兄弟子は亀助の版木彫り職としての腕を妬んでいたふしがあります。嵌められたと考えたのでしょう」

ただその真偽は分からない。

「亀助は、弟子入りする前、どのような暮らしをしていたのでしょうか」

これも聞いておきたかった。

「四男坊で、口減らしのために奉公に出された。あいつ、めったに生まれ在所の話はしなかったけど、いい思い出なんてないんじゃないかね」

「生まれた家からは出されて、弟子入りした先では兄弟子に嵌められた。親方も庇わない。しかし若親方の財布を盗むというのは、よほどのことです。疑われるようなことが、あったのですか」

「それですよ。あいつは銭が欲しかった」

「どういうことですか」

「あいつ、同じ村の娘に出会ったんですよ。たまたま遊びに行った深川の女郎屋で」

若い職人同士がつるんで繰り出すことはあったそうな。

「半年くらい通ったが、その女に身請けの話が出ましてね」

そうなると、会うことはできなくなる。自分が請け出そうと、店の金を使って勝負をした。

「負けたのですね」

「まあ、そういうことで。だから財布が道具箱から出てきたときには、ありそうだと親方らは考えたわけです」

同じ村の女が、その後どうなったか分からない。

ともあれ蔦次郎と寅之助は、深川へ向かった。

「女で身を持ち崩すなんてことが、あるんですかね」

歩いていると、寅之助が蔦次郎に問いかけてきた。

「珍しい話ではないと思いますよ」

寅之助の問いかけに、蔦次郎はさらりと答えた。

「そんな気持ちは、私には分かりませんが」

馬鹿にした口調で、寅之助は言った。

「女の人を、そこまで好きになったことは、ないのですね」

「それはそうですよ。そんな暇はなかった」

寅之助は武家の三男坊で、好き嫌いはともかく婿に出るしか、世に立つことはできない身の上だった。

自分は恵まれていると思った。そこで蔦次郎は自分に問うた。

「お波津さんのことを、すべてを捨ててもいいほど好きか」

すぐに答える自信はなかった。

馬場通りへ着いて、亀助を知っているかと聞いて回った。十人ほどに聞いて、知っているという者が現れた。甘酒売りの爺さんだった。

「ここのところは見かけないねえ」

「親しくしていた者は」

と問うと、何人かの名は挙がったが、助十や梅次郎の名は聞かなかった。たむろをしていたという居酒屋へ行った。

「そういえば、二月近く前に、五十くらいと三十ちょっとくらいの、目つきのよくない人と飲んでいたことがあったっけ」

居酒屋のおかみが言った。五匁銀を握らせた上で訊いていた。

三人だけで来て、亀助は二人にはどこか遠慮をしている気配があったと告げられた。昵懇という間柄ではない様子だった。

相手は、紋次と孫吉ではないかと蔦次郎は思った。

「その二人が店に来たのは、そのときだけでしたか」

「違います。四人で来たこともあります」

どきりとした。

「もう一人は、誰ですか」

「三十歳くらいの、何をしているか分からないような、怖い感じの人でした」

「名は」

「分かりません」

がっかりしたが、おかみが続けた。

「その人を知っている常連さんがいました」

「ほう」

馬場通りで古着を商う店の隠居だった。その日、居酒屋の離れたところで一人で飲んでいた。

四人が引き揚げたところで、昔この辺りにいた者だと口にしたそうな。古着屋の場所を聞いて行った。

「ありゃあ、助十っていう房州無宿（ぼうしゅう）だ。腕っぷしが強くて喧嘩（けんか）慣れしているから、ずいぶんと堅気の衆を泣かせていたっけ」

強請（ゆすり）たかりの常習だったらしい。

「そうですか」

亀助と助十は、親しげだったとか。

「紋次と孫吉に、亀助と助十が加わった形でしょうか」

「そうなりそうですね」

蔦次郎の言葉に、寅之助が応じた。

九

「では助十には、身内はいないのでしょうか」

さらに蔦次郎は、古着屋の隠居に問いかけた。

「さあ、聞かないですね。あいつ、木の股から生まれたって、言いましたよ」

「誰の世話にも、ならなかったのでしょうか」

そう寅之助が問うと、隠居はしばらく考えるふうを見せてから口を開いた。

「あいつ、無宿狩りでやられて、人足寄場へ送られたと聞いたことがありますが」

確証はないとか。

人足寄場は、長谷川平蔵が無宿者や虞犯の者を集めて手に職をつけさせようとして建てた更生施設だ。堅気としての確かな稼ぎの手立てがあれば、人としてまともに生きてゆけるとの考えからだ。

「よし」

寅之助と蔦次郎は、石川島へ向かう。鉄砲洲にある船着場から、渡し船に乗った。永代橋が彼方に見える。

島の船着場に立つと、正面の高台に役所の建物があった。これを囲むように、人足たちが暮らす粗末な小屋が並んでいる。茶色い仕着せを身につけた人足たちが、古材木を運んでいた。

玄関近くにいた人足寄場下役に、蔦次郎が銭を与えて問いかけた。

「助十という者はいたぞ。四年ほど前にここを出た」

三年間ここで過ごし、紙漉きの作業をしたとか。

人足寄場では、紙漉きだけでなく鍛冶や竹細工、大工や左官、草履作りなどの技を身につけさせた。

「助十は、どの程度の技を身につけたのでしょうか」

「そうだな……。浅草紙を知っているかね」

「聞いたことはあるような」

そこで下役は、浅草紙について話をした。

江戸で出た紙屑(かみくず)を集めて漉き返した紙のことだそうな。浅草や山谷(さんや)、千住(せんじゅ)などで作られたことから名付けられた安価な再生紙だ。

墨がついた屑紙を水に浸し、叩(たた)いてくだき、漉くだけの簡単な紙である。墨などがよく除かれていないために、鼠色をしていた。粗悪で下等な紙とはいえ吸水性があり、鼻紙としてや雪隠(せっちん)で使われた。

紙は高価だから、浅草紙はそれなりに求められた。

「三年やれば、それで食っていけるようにはなるだろうな」

「しかし紙漉きはしていませんでした」

ここで逆に問われた。

「あいつ、何をしでかしたのかね」

「まあ」

まだ話せないが、暮らしぶりを聞かせてほしいと頼んだ。

「あいつは、人に心を許すことはなかった。絡んだやくざ者を半殺しの目に遭わせて、他の者から怖れられた」

相手も悪かったので、罪人にはならなかった。

「親しくした者は、いなかったのですか」

「表向きどうでもいい話をする相手はいたようだが、腹を割るということはなかったな」

「なぜそのような」

蔦次郎には、想像もつかない。

「あいつは生まれてこの方、人から親身になって関わられたことはなかったんだろう」

「…………」

「そういうやつは、他人に同情をすることはない。邪魔だと思えば、鼻をかむように手にかける。それだけだ」

それならば人質は、己の身を守るための道具としか考えないだろう。蔦次郎と寅之助は顔を見合わせた。

「ただそういえば」

下役は、何かを思い出した顔になった。

「どんなことでも、話してください」

二人は頭を下げた。

「一人だけ、目立つほどではないが、話をする相手がいたっけ」

共に紙漉きの作業をしていた仙太という者だ。同じ房州無宿で、歳は二つ三つ上だったが、助十の方が兄貴分のように見えた。

「仙太は動作が鈍いところがあった。それをからかった者と、喧嘩になりかかったことがある」

「思い入れがあったわけですね」

「まあ、そうであろうな」

「仙太は今、どうしていますか」

ここを出た後は、山谷の紙漉きの家で、堅気で暮らしているとか。

「たいした銭にはならないが、寄場で得た技で食っている。助十もそうなればよかったのだろうが」

下役は呟いた。それこそが、更生施設の役割だ。

「仙太がいるのは、山谷のどこですか」

「山谷堀の北河岸にある浅草新町の紙漉きの親方のところだ。母屋から離れた倉庫で、寝起きしているはずだが」

そこだと、家賃がかからない。

「助十と仙太は、今でも付き合いがあるのでしょうか」

「さあ。半年ほど前に訪ねて来た仙太は、助十と久しぶりに会い、酒を馳走になったと話していたが」

羽振りはよかったらしい。今からだと、一年以上前となる。

「どうせ人を泣かせて得た金でしょうな」

寅之助が、吐き捨てるように言った。

「仙太は、悪さの仲間に入れるでしょうか」

「そのような度胸はなかろうが」

下役は言った。ともあれここまでを、角次郎と嶋津に伝える。

十

西空の日が低くなって、朱色を帯びてきた。河岸の道や喜音屋の庭は、すでに薄暗い。烏の鳴き声が、どこかから聞こえてきた。

角次郎のもとへ、蔦次郎と寅之助が戻ってきた。

「そうか。助十も、大きな盗みはともかく、悪党として過ごしてきたわけだな」

「せっかく身につけた紙漉きの技は、役に立たなかったようで」

寅之助が無念そうに返した。

「利の薄い仕事など、ばかばかしかったのであろう」

「紋次や孫吉と会って話を持ちかけられて、その気になったか」

話を聞いた角次郎と嶋津が言った。共に聞いていた善太郎が頷いた。賊五人の様相が、これでようやく窺えた。

河崎にも伝えようとしたが、姿が見当たらない。

「いったいどこへ」

嶋津が気にした。いれば面倒だが、いないとどこかで余計なことをしでかしているのではないかと案じられた。

「勝手なことをしなければいい」

と考えているところへ姿を現した。河崎は、やや上気した表情になっていた。

「町奉行所より、新手の捕り方十五名が参った」

とりあえずは裏手の長屋に潜ませたとか。

「お奉行が寄こされたのですか」

嶋津には、迷惑そうな気配があった。捕り方は、多ければいいというものではない。賊を刺激して逆上させ、人質を傷つけてしまう場合がある。

また嶋津の命ではなく、河崎の命だけを聞くとなると統率が乱れる。

「そうだ。急げということであろう」

「………」

「そこでだ。今から表、台所、庭の三方より、建物内に突入をいたす。戸を打ち破る大槌（おおつち）も用意をしたぞ」

気合いの入った表情だった。急いでいる。人員を増やした奉行への忖度（そんたく）があるようだ。意見を求めたのではない。決めたことを伝えてきたのである。

「お奉行様のお計らいで、万全な用意ができた。人質を奪い返すことを、第一に考えるぞ」

口では、そう言った。

「いやしかし。産婆が入って間もない状態でございます」

「その方がよい。中はそれに気を取られているに違いない」

決めつけた。

「いや攻められれば、たとえ赤子でも盾にいたしましょう。そういう者たちでございます」

角次郎も告げた。蔦次郎らが調べた話を聞く限り、何をしてくるか分からない連中だ。

「すでに生まれたのか」

河崎が訊いてきた。正吉が雪隠を見張っているが、まだ何も言ってこない。泣き声も聞こえなかった。

「生まれるのを待っているだけでは、どうにもならぬ」

暗くなれば、捕らえにくくなるとも河崎は口にした。

「襲うならば、母子と離してからにしようと存じます」

これは、変わらない方針だ。

「ならぬ。その方が指図をしないならば、わしがいたす」

河崎も二度目の夜が近づいて、焦れているのは明らかだった。

台所で、湯が沸き始めた。お波津は、産湯のための盥も用意をした。

「体が冷えるから、湯を飲ませろ」

と言ってきたのは、孫だった。

「皆にですか」

夕暮れどきが近づいて来て、空気が冷えてきた。孫の気配りかとお波津は思ったが、そうではなかった。

「違う。おれたちだけだ」

体力を、保とうという企み(たくら)だった。土瓶に移していると問われた。

「酒はあるか」

「あると思いますが」

女中のおまつならば、どこにあるか分かるだろう。訊こうとすると手を振られた。

「止めておこう。飲み出すときりがないやつがいるからな」

孫は言って、土瓶と茶碗(ちゃわん)を持って台所から出て行った。

お波津は産室へ行く。雪江がお多代の腹や背を撫(な)でてやっていた。切迫した空気があって、息を呑(の)んだ。

「そなたがしっかりいたさねば。赤子も闘っているのですからな」

厳しさはあるが、励ます口調だ。馴染(なじ)みの産婆が来られなかった事情は、雪江から手短に聞いた。

「いろいろ断られ、中里(なかざと)寅之助どのが走って、大村さまに頼みました」

「そうですか」

寅之助の顔を、頭に浮かべた。羽前屋で見習いをしていて、やり手の商人になるかもしれないという話を、角次郎と善太郎がしているのを聞いた。事件を聞いて、羽前屋から出張って来たのだと察した。それならば、角次郎だけでなく善太郎も来ていることだろう。

それだけのやり取りでも、力強かった。

「ならば、無茶に攻めてくることはない」

賊たちは、その様子を見ていると、捕り方の襲撃を警戒しているのがよく分かった。風の音にも、耳を傾ける。

紋次や孫、助十は、常に傍に人質を置いていた。人質を近くに置くことで、我が身を守ろうという腹だ。

お多代の母お楽が娘の世話をしたいと願い出ているが、これは許されない。盗賊たちにとっては、どうでもいいことだからだ。

産室の傍には、孫か助十がいる。母子の命を盾にすることが、一番効果的だと考えている気配があった。

賊たちの屋内での居場所を、外へ伝えたい。

しかし閉じられた隙間から懐紙は投げられなかった。もたもたしていると怪しまれる。そこで雪隠へ行こうとした。

「おめえは何か企んでいるのか」

と助十に言われた。戸を閉めないならばいいと言われたが、それでは行く意味がなかった。

「ううっ」

お多代が声を上げた。切羽詰まった声だ。しかも襲ってくる痛みの間隔が、縮まっているらしかった。

「そろそろですか」

「もう少し。もっと暗くなる頃かもしれない」

雨戸は閉まっていても、日が落ちてゆくのは分かった。建物内には、明かりが灯(とも)された。少しずつ冷えてくる。おしめや産着の用意はできているというので、それを出した。

何か頼むときは、孫か梅次郎に言う。助十や亀には頼まない。

「ああっ」

お多代の呻(うめ)き声が、悲鳴のように聞こえた。陣痛が始まったのかもしれなかった。

「しっかりなされ」

雪江が声をかけた。

十一

日が陰ってくると、風がなおさら冷たく感じる。枝にしがみついていた何枚かの枯葉が、舞い落ちた。塀に囲まれた庭は、すでに宵闇に覆われている。

「さっさとしやがらねえと、尻を蹴飛ばすぞ」

雪隠から苛立つ若い男の声が聞こえて、正吉は耳をそばだてた。何かやり取りがあれば、それでやつらの動きが見えてくるかもしれない。

これまで、用を足す者はいた。お波津は懐紙を丸めて投げたが、声を上げることはなかった。用を足すのも、見張り付きなのは明らかだった。他の者もそうだ。おそらく用を足そうとした人質の誰かが長居をして、見張りが痺れを切らせたものと思われた。

用便の見張りなど面倒で、急かしたくなるのは当然だ。

「へ、へえ」

慌てる若い男の声で、小僧のものだろう。正吉は闇に紛れて、雪隠の傍へ寄った。話し声がはっきり聞こえた。

「くそっ。厄介なことになりやがった。こんなところで生みやがるとは」

「もうじきでしょうか」

賊の呟(つぶや)きに、怯(おび)えた声が問いかけた。

「そのようだ。呻き始めやがったからな」

声はそれで聞こえなくなった。雪隠から人の気配がなくなった。そこで正吉は、角次郎と嶋津のもとへ戻った。些細(ささい)なことでも伝える。

するとそこでは、嶋津と河崎が何かやり合っていた。どちらも引かないといった雰囲気だ。同心でも、与力に怯(ひる)んでいない。

「どうした」

顔を向けた嶋津が、問いかけてきた。

「そろそろ生まれるのかもしれません」

今耳にしたばかりのことを伝えた。

「そうか」

嶋津が顔を強張(こわば)らせて、河崎に目をやった。河崎も、目を瞠(みは)った。

「しっかりなされよ。そなたは母になるのであろう」

雪江がお多代に声をかけた。厳しい口調だが、手は休みなく体をさすってやっている。そろそろだとは、訊かなくても分かった。

お波津は、産室の戸を閉めようとした。だが見張っていた亀が冷ややかに言った。

「そりゃあならねえ。何をするか知れたものじゃあねえからな」

口元に、薄ら笑いさえ浮かべていた。面白がっている。

「何をするっていうんだい。赤子を生もうとしているだけじゃないか」

また頰を張られるかもしれないが、怒りの方が大きかった。体が震えるほどだった。

「ふん。戸を開けて、捕り方を呼び入れるかもしれねえ」

「そんなこと、するもんか。声を聞いていれば、分かるじゃないか」

怒りだけではない。悔しさもあった。ここにきても、まだ疑いしか持たない盗賊。いや、分かっていて、口にしているのかもしれない。

だとしたら、どこまで卑しい男なのか。こんな男の、言いなりにならなくてはならないのか。

「あんただって、おっかさんから生まれたんじゃないか」

「知らねえな、どんな面をしたやつだったか」

冷ややかだった。母親に恨みすら持っているように感じて、ぞっとした。

そのやり取りを、孫が聞きつけたらしかった。この場へやって来た。

「下手な真似をしたら、どうする」

しゃがんで、目の高さを合わせて言った。

「私を、真っ先に殺していいよ」

死にたくなんてない。生ませたいだけだ。そして産室は、男が覗いてはいけないものだと思っていた。

それはお多代や命を授けられる赤子のためだ。理屈なんてない。

「そうか。ならば閉めてやろう」

孫は言った。向けてくる眼差しには、感情はなかった。

「いいんですかい、そんなことをして」

亀は露骨に不満そうな顔をした。

「お産をしながら、下手な真似はできねえだろう」

孫も分かっているらしかった。亀の言うことは、難癖だ。

「おめえは、閉めた障子の外側にいろ。何かあったら、おめえを最初に殺す。いいな」

お波津は体を強張らせながら頷(うなず)いた。孫は、亀よりも怖いと感じた。

それで孫は、離れて行った。

お波津は障子を閉めると、外の廊下に祈るような気持ちで座った。何とか無事に赤子を生んでほしかった。

「赤子の命は、周りにいる大人が守らなくちゃいけない」

胸の内で呟いた。廊下に、明かりが灯(とも)された。外も暗くなっているようだ。

「うううっ」

お多代の呻きに、泣き声が混じっている。

「さあ、ゆっくり息を吸って。吐き出して」

二人の声が交互に聞こえる。瀬戸際の、真剣勝負をしていた。お多代にしてみれば、尋常な状況で子を生むのではない。

「でも、たくましく難事に向かっている」

こんな強さがあったとは気がつかなかった。

「わたしも、そうありたい」

お波津は思った。荒い息遣いと切迫したお多代の声が聞こえる。そして暮れ六つの鐘が鳴った。

その直後だ。元気な赤子の泣き声が、産室の中から響いてきた。

「ああ」

お波津は胸がきりりと痛くなって、涙が溢（あふ）れ出た。新たな生命が、この世に生まれいでたのだ。

女の啜（すす）り泣く声が、廊下の先から聞こえた。誰かと思うと、お楽のものだった。

お楽も母として、生きた心地はしないで過ごしていたのだと分かった。

第三話　小屋の灯

一

正吉からの報告を受けた嶋津は、河崎に目をやった。

「お聞きの通りでござる。出産が始まると分かっていて、襲撃をお命じになりまするか」

「ううむ」

河崎は、嶋津を睨みつけた。何があろうと、攻め入りたい気持ちは大きいらしかった。人員を増やしてきた町奉行への手前がある。

「いよいよ産気づいたとなれば、中はそれなりに落ち着かぬことになっていましょう」

「当然だ。だからこそ、この機に捕り押さえるのだ」

角次郎の言葉に、河崎は答えた。

「取り押さえられるに違いありませぬが、押し込んだ場合、あの者らが真っ先に危害を加えるのは誰でございましょう」

「………」

「母子が、何よりも都合がよいと考えることでございましょう」

「さよう。となるとうまくいっても、母子を亡くしていたら、後に町の者は町奉行所を責めるに違いありません」

角次郎に善太郎も続けた。

「その折に矢面に立つのは、河崎様となりまする。お覚悟はよろしいか」

「何の覚悟だ」

「河崎様の」

「脅すのか」

嶋津の言葉に、河崎は奥歯を噛みしめた。

「とんでもない。河崎様のお沙汰を、待つばかりでございまする」

ここで話を聞いていた文蔵と親族も口出しをした。

「お願いをいたします。今しばらく」

「落ち着けば、次の手立てもあろうかと」

文蔵にしてみたら、母子を少しでも危険な目には遭わせたくない。取り返せないならば、せめて時を稼ぎたいところだろう。

「捕らえられずに逃がしたら、その方の責は逃れられぬぞ」

河崎は、それで行ってしまった。

嶋津は、手を抜いていたわけではない。何が起こっても、まずは母子の救出を第一に考える。その決意は変わっていなかった。

そのときのことだ、建物の中から元気のいい赤子の泣き声が聞こえた。一同は、体を硬くした。胸を打つ泣き声だった。

「おお、生まれた」

文蔵が感嘆の声を上げた。滂沱たる涙で、顔がぐちゃぐちゃになっている。声の聞こえる方へよろよろと歩き出そうとして躓き、寅之助が腕を摑んだ。

「あの泣き声は、どこからか」

嶋津と角次郎は、親類の者に確かめた。ひとまず安堵はしたが、それでよかったというわけにはいかない。

亭主文蔵は無事に赤子が生まれて、肩を震わせ泣きじゃくっている。話を聞ける状態ではなかった。

赤子の声がする場所が産所としている部屋だから、踏み込むならばそこからだ。

まずは母子を奪い返さなくてはならない。

「一階の、庭側の部屋かと」

改めて建物の間取りを聞いた。

「そうか。他の人質も、近くに置いているのであろうか」

「もし外へ出ようとするならば、一つにまとめるだろう」

嶋津に角次郎が返した。

「赤子を伴うことを厄介と思うか、あくまでも盾にしようとするかですね」

厄介に思うならば母子を返すだろうが、それはないと善太郎は考えた。それならば、生ませる前に返した。他の人質でも、盾の役目にはなる。

「ともあれ、声をかけよう」

「うむ、あたりもすっかり暗くなった。やつらも外へ出ることを、考えているだろう」

すでに暮れ六つの鐘も鳴っていた。松明（たいまつ）を手にした嶋津が、店の表の河岸道に立った。

「おおい、紋次（もんじ）」

と声をかけた。今回は、二度目で窓が開かれた。角次郎や善太郎は、暗がりに身を置いて二階の窓に目をやっている。

「赤子では、世話になった」

「……………」

返事はないが、今はそれで充分だ。

「そこでだ、赤子と母親、産婆の三人だけでも返してもらえないか。手がかかるであろう。いない方が動きも取りやすい」

「うるせえ。みんな道連れだ」

ふざけるな、といった口ぶりだ。都合のいい申し出だと受け取ったのだろう。

「しかし赤子は泣くぞ。居場所を教えるまでだ」

「そのときは、泣けなくさせればいい」

顔は見えないが、嗤（わら）ったような気がした。ぞくりとするくらい非情な声だった。

赤子を生ませたのは、善意などからではない。予想通り、盾にするつもりだと分かった。

しかし紋次は、それで窓を閉めたわけではなかった。

「これで最後だ。捕り方を引き上げさせろ。河岸道には高張提灯（たかはりぢょうちん）を掲げ、路地には人がいないことが分かるように、各所に篝火をつけろ」

潜ませないための手立てだ。

「分かった」

「川には明かりを灯すな」

月末、新月に近い今夜は月が出るのは日にちが変わってからで、しばらくは真っ暗だ。闇の中を、舟で逃げる算段だと知った。

ともあれ、受け入れないわけにはいかない。

「すぐに篝火をつけよう」

嶋津が応じると、二階の窓が閉まった。

「よし、いよいよだな」

やり取りを聞いていた河崎が言った。

潜んでいた捕り方たちは、高張提灯や篝火の用意を始める。龕灯も忘れない。

「賊が全員外に出たら、一気に行くぞ」

襲うときには、それしかない。ただ人質の身柄確保には、最善を尽くさなくてはならないから、闇雲に襲うわけにはいかなかった。

「善太郎と寅之助は、万一に備えて舟に潜ませてはどうか」

角次郎が嶋津に提案した。逃がさないためだ。

「そうしよう。舟に乗せるまでにはしないつもりだが、江戸の海に出られたら追いようがなくなるからな」

嶋津が応じた。江戸橋下あたりの闇に潜ませる。もちろん、進路を塞ぐ舟も用意をする。川面を照らせとは言われていないから、大川に抜ける川筋以外にも舟を潜ませられる。

「五人が、一緒に逃げるとは限らないからな」

これは頭に入れておかなくてはならない。逃がさないためにも、紋次は嶋津が、孫吉は角次郎、助十は井坂が当たることにした。もちろん状況に応じて、臨機応変にやる。

「では、早速」

善太郎と寅之助は、龕灯を手にこの場から離れて行った。

「私たちも、お役に立たせてください」

蔦次郎と正吉が言った。二人とも怠りなく役目を果たして、このときを待っていた。今さら引き上げる気持ちは微塵もないだろう。

「何としてもお多代と赤子を奪い返します」

それはお多代の亭主文蔵も同様だ。つい先ほどまで赤子の誕生に涙していたが、このままでは済まないとは承知していた。まだ男女の別も分からないが、父親としての気持ちはできていた。

「無理はするな」

として、刺股を手に持たせた。あえて戦うことはない。赤子を抱いて賊から離れるという役目も大切だ。

捕り方の数は、充分にある。一人の賊に、三、四人以上でかかれる。

「人質さえ取り返せば、こちらのものだ」

蔦次郎は意気込んだが、それが難しい。

「私は、お波津さんを救い出します」

正吉が、真剣な顔で口にした。

「わ、私だって」

慌てた口調で蔦次郎が続けた。蔦次郎は、明らかに張り合っていた。突棒を握りしめた。

「賊と争うのではなく、人質を救い出すことを第一に考えろ」

角次郎は命じた。

二

お多代が生んだ子は、男の子だった。台所に盥を置き、お波津は湯で体を洗ってやる。

「元気な男の子だよ。うれしいね」

喜利衛門やお楽たちに聞こえるように、お波津は声を上げた。何よりも気になっているだろう。

赤子の体を洗うのはおっかなびっくりだったが、途中で雪江が代わった。お波津のおそるおそるな様子を目にして、手から落としでもしないかと案じたのかもしれない。

雪江の扱いは、手慣れたものだった。

お波津は汗をかいたお多代の体を、手拭いで拭いた。少し体が赤らんでいるが、満足をしている気配はあった。

赤子に産着を着せて横に寝かせると、慈愛のこもった目を向けた。

「よくやったね」

「うん。ありがとう」

目に涙を溜めた。お多代は、愛おしそうに産着に手をかけた。するとそこで、お波津は亀から、乱暴に肩を摑まれた。

「おめえの用は、もう済んだはずだ」

お波津と雪江は、乱暴に縄をかけられた。特に亀は、お波津を乱暴に扱った。憎んでいるのかもしれなかった。

「この人は帰して」

雪江に目を向けて言った。

「うるせえ、勝手に来やがったんだ」

亀は聞く耳を持たなかった。

「じゃあ、赤子と母親は」

「がたがたぬかすな」

邪険に体を押された。縄をかけられているから、避けることもできず、柱に額をぶつけた。亀はもう、返事さえしない。

そして他の人質がいる帳場へ連れて行かれた。皆が怯えて、打ちひしがれた顔をしていた。

賊たちは、今朝炊いて拵えた握り飯を食べたが、人質には与えられなかった。新たに米は炊かない。

「腹ごしらえは、ここから出るためだ」

そして外から、嶋津の声がかかった。そのやり取りに耳を澄ました。

赤子を含めて、誰も解放しない。移動に当たっては、すべて連れて行くとの考えを示したことになる。

縄をかけられた人質たちは、近くに集められた。亀と梅次郎が、縄で人質を繋いだ。勝手に一人では逃げられないようにしたのだ。

「舟が三艘、停められていますぜ。篝火もついた」

助十が紋次と孫に伝えた。二人はそれを検めた。

「どうせどこかには、捕り方を潜ませているのだろうがな」

「襲ってきたら、かまわず一人殺せ。躊躇うな」

と告げたのは、紋次だった。人質たちを脅したのではなく、手立てとして子分たちに命じたのである。

「ひいっ」

小僧の一人が、声を上げた。怯えて体を震わせた。寒さもあった。賊は火鉢に当たっているかもしれないが、帳場に火の気はなかった。

そこへ縄をかけられた喜利衛門とお楽が現れた。二人も縄に繋がれていたが、奉公人たちとは別の部屋にいた。

縄尻を摑んでいるのは孫だった。

「お多代さんと赤子は、置いて行ってくれるんだよね」

お波津は、孫に言った。

「うるせえ」

怒鳴り返してきたのは、助十だった。

さすがに赤子を抱くお多代には縄がかけられていなかったが、帯には縄が結ばれていた。その先を助十が握っている。

踏み出す足は、ふらついていた。

「お多代さんは、赤子を生んだばかりだよ」

甲高い声になったのが、自分でも分かった。お多代を殺す気かと思った。

「お願いでございます。赤子と母の二人は、置いてくださいまし」

喜利衛門が懇願した。

「ふざけるな」

蹴飛(けと)ばしたのは助十だ。縄で結ばれていなかったら、体は床を転がっただろう。

喜利衛門は、痛みで顔を歪(ゆが)めた。

「騒ぐな」

一喝したのは紋次だ。紋次は、近くにいた小僧の肩に長脇差(ながわきざし)の先を刺した。小僧の顔が歪んで、着物の肩の部分が血で濡(ぬ)れてきた。

それでも小僧は、恐怖で声を出せない。

ほとんどの人質は、息を呑(の)んだ。胴震いをした者もいる。

「立ち上がれ」

指図されて、一同は帳場から土間に移された。寄せ集まった状態である。幸か不幸か、赤子は眠っていた。

けれどもここで、お多代の体が大きく揺れた。足に力が入らなかったのだろう。倒れたら、赤子がどうなるか分からない。傍にいたお波津と雪江が足を踏ん張り、体で庇(かば)った。お波津と雪江は縛られたまま、縄尻を助十が握っている。母子の傍にいられたのはせめてものことだった。

「外へ出るぞ。舟まで立ち止まるな」

「そうだ。立ち止まったら殺す」

紋次に続いて、助十が言った。助十や亀ならば、迷わずやるだろう。

先頭に立つのは、母子の縄を握った助十だった。紋次が店の潜り戸を開けた。震えるような冷たい風が、吹き込んできた。

外は高張提灯で明るいが、人気はない。

紋次が一人で通りに出た。周囲を見回した様子だ。中の賊たちは緊張している。亀や梅次郎は、長脇差の柄に手をかけていた。

警戒していたが、何も起こらなかった。

「出ろ」

と紋次が告げた。

三

喜音屋の前の河岸道には、高張提灯が立てられた。周囲の路地には篝火が焚かれた。薪が爆ぜる音が、あたりに響いた。

しかしそれでも、捕り方が潜むことはできた。両隣の乾物屋や足袋屋の店舗の中に身を潜めている。天水桶の陰や、店の木看板の陰にも身を置いた。明かりが届かないところはあった。

角次郎は、蔦次郎と文蔵と共に乾物屋に潜んだ。潜り戸は細く開けて、外が見えるようにしている。高張提灯は、軒下が暗がりになる位置を考えて立てさせた。他に十人ほどが潜んでいる。

すべての者が、刺股（さすまた）や突棒（つくぼう）、梯子（はしご）などを手にしていた。梯子は、刃物を手にした賊を追い詰めるには適している。

嶋津は正吉と共に、足袋屋にいた。ここには、河崎とその手の者が潜んでいる。

「河崎に、勝手な真似はさせられねえ」

だから嶋津は、同じ場所に潜んだ。

表から出て来るとは限らないから、井坂が十五人を引き連れて庭側に潜んでいた。表からと分かれば、すぐに動く。

善太郎と寅之助は、すでに位置に着いているはずだった。

予告通りお多代と赤子を伴って出るのならば、赤子に何があるか分からない。生まれたばかりの赤子を、冬に外に出すなど、尋常なことではない。

だから角次郎は医者を呼んでいた。

人の気配があったのは、喜音屋の店のあたりだ。潜り戸が開かれて、紋次と思（おぼ）しき中年男が単身で外へ出た。布で顔を覆っている。慎重に周囲を見回してから、建物の中に声をかけた。

捕り方は息を呑んだ。出てきたのは腰縄をつけられ赤子を抱いたお多代だった。首筋に、賊の刃が当てられている。

「ひっ」

と声を漏らした文蔵。

母子の傍にはお波津と雪江がいた。どちらも気を張っている。とはいえ怯んだ様子はないので、角次郎は少しばかりほっとした。

そして次に、喜音屋の奉公人や跡取りの一団が現れた。母子らと奉公人たちの間に、一人賊がいる。これも長脇差の刃先を人質の首筋に当てていた。これでは、捕り方が襲うのは不可能だ。

続いて喜音屋の夫婦の縄を、孫吉らしい年嵩が握っていた。すべてが出たところで、一同は船着場へ向かって歩き出した。しんがりにいるのが紋次だった。

自由に動けるようにという配慮からか、人質の縄は摑んでいない。手には抜身の長脇差がある。

賊たちなりに、捕り方の襲撃を警戒していた。一つ間違えれば、殺されると分かっている。

角次郎と嶋津がまず奪い取るのは母子の身柄だ。文蔵の役目は、赤子を抱き取ることである。

折よしとなったとき飛び出す。他のことは考えない。蔦次郎と正吉は、お波津と雪江を奪う。捕り方は大勢いるから、数だけで考えれば、盗賊どもがどれほどの腕利きでも捕らえることはたやすい。

問題は人質だ。どうなってもいい命は、一つもない。

赤子を抱いたお多代は、一歩一歩足を踏みしめるように歩く。風も寒さも厳しいから、どうしても歩みが遅くなる。

縄尻を摑んだ賊が苛立っている様子が、目に見えた。


「出てきたぞ」

河崎が、押し殺したような声で言った。殺気立っている。

嶋津は、襲撃は移動する一団ができるだけ前と後ろの間が広がる河岸道と船着場を繋ぐ細道のあたりがいいと考えていた。

状況によって一艘だけ進ませて、船上の善太郎らがそこを襲うことも頭にあった。

「善太郎ならば、場に合った動きをするだろう」

河崎にも、それは伝えた。

「それでよかろう」

と言った河崎だが、こうなると目に落ち着きがなくなった。逸る気持ちは河崎だけでなく、捕り方たちにもあった。

お多代の歩みは遅く、心もとない。とうとう河岸道の途中で立ち止まってしまった。そのときだ。

「行けっ」

河崎は声を上げた。

「うわあっ」

という捕り方の声。潜んでいた者たちが、一気に飛び出した。抑えていた怒りや苛立ちが、噴き出したようだ。

「まだ早い」

嶋津の判断だが、こうなると、収まりがつかない。角次郎がいる側からも、捕り方が飛び出した。船着場へ下りる道も塞いだ。

けれども賊たちは、慌てなかった。襲撃は、織り込んでいたのだろう。

「騒ぐな。女と餓鬼の命はないぞ」

紋次が叫んだ。賊たちは、捕り方には歯向かわない。ただ抜いた長脇差（ながわきざし）の切っ先を、人質の首筋に当てたままだった。

「ひいっ」

女中のおまつが、悲鳴を上げた。首筋に切っ先が刺さったのかもしれない。

これで捕り方は、賊に向かうことができなくなった。これが賊たちの手だと分かった。

「くそっ」

河崎が歯ぎしりをした。これでは、何人殺されるか分からない。とはいえ、そのまま通すこともできない。退却など頭にない河崎だ。

「やれっ」

叫び声を上げた。しかし捕り方はかかれない。かかれば、まずは五人が必ず殺される。それだけではないだろう。

そしてこのとき、紋次が叫んだ。

「引けっ」

喜音屋の潜り戸は開いたままになっていた。賊たちは、人質たちに刃を向けたまま後ずさりをした。そして五人の賊は、人質と共に再び喜音屋の建物の中に入った。中で閂をかける音が、外からも聞こえた。

「おのれっ」

河崎が呻き声を上げた。

四

さして間を置かず、二階の窓が開かれた。

「ふざけた真似をしやがって」

紋次が怒声を上げた。角次郎や嶋津、河崎らが見上げる。善太郎らも舟から駆け上がってきた。

「こうなったら、人質を一人ずつ殺してやる」

窓際に連れ出したのは、赤子を抱いたお多代である。現れた賊の一人が、赤子を奪い取ろうとした。

「やめてっ」

お多代は身を屈めて、必死で赤子を守ろうとした。生まれて間もない首の据わらない赤子である。乱暴に扱われたら、それだけでとんでもないことになる。

「うるせえ」

賊は力任せに奪おうとした。

「ふぎゃあ」

泣く赤子。お多代は必死だ。命を懸けて守ろうとしていた。捕り方は、呻き声を上げるばかりだった。

ここでお多代の亭主文蔵が河岸道に飛び出し、声を上げた。両膝と両手を地べたについて、頭を下げた。

「やめてくれ。やめてくれたら、百両を出す」

絶叫といってよいものだった。それでお多代の肩にかけられていた賊の手が止まった。

「何だと」

百両が効いたようだ。動きが止まっている。

これで窓は閉められたが、赤子の泣き声は、しばらく続いた。文蔵は呆然として、すぐには立ち上がれなかった。

「やつら、百両を受け取るつもりですね」

善太郎が、怒りの声を発した。

「しかし、とんでもない額です」

「あいつらはすでに、百両ほどを奪っています。合わせれば二百両です。大きな額になりますね」

正吉と寅之助も続けた。

ただ大店の跡取りである文蔵ならば出せそうだ。川路屋も惜しまないだろう。赤子を投げ捨てるのはやめたわけだから、話は受け入れられたと判断した。

「百両はすぐ求めてくるだろうが、出せるか」

「大丈夫です。店には、その程度の金子はあります」

嶋津の問いに、文蔵は顔を引き攣らせた。とそのときだ。二階の窓が開かれた。

「文蔵」

紋次は、河崎や嶋津ではなく、文蔵に呼びかけてきた。

「町奉行所のやつらは、おれたちを騙しやがった。許せねえ」

「は、はい」

立ち上がろうとした文蔵は、再び両手をついた。

「ただおめえの親心に免じて、金で済ませてやる」

「あ、ありがとうございます」

ほっとした様子だ。

「ただな、百両じゃあ済まねえ」

凄味を利かせた声だ。

「ええっ」

思いがけないことを言い出したという、驚きと恐怖が顔に出ていた。

「四百両出してもらおう。おれたちは汚ねえやり口で騙されて、命を奪われかけたのだからな」

己らが盗人であることは、棚に上げている。

「それは」

文蔵の声が震えた。とんでもない額を求めてきた。さすがに大店の跡取りでも、容易くは応じられないだろう。

すぐには声も出ない。すると紋次が言った。

「夜四つの鐘が鳴るまでに、金の用意をしろ。でないと赤子は、ここから投げ落とす」

「あ、あんまりでは」

文蔵は悲鳴のような声を返したが、返事をせずに紋次は窓を閉めた。問答の余地はなかった。金を用意しなければ、殺すというだけだ。

「なんてこった」

地べたに両手両膝をついたまま、文蔵は体を震わせた。

善太郎が抱えるようにして、乾物屋の建物の中へ入れた。

「ずいぶんと、つり上げやがったな」

「まったくです」

善太郎も、それ以上の言葉が出ない。

「金子の支度は、できるのか」

嶋津が文蔵に尋ねた。夜四つまでとなると、急がなくてはならない。町木戸の閉まる刻限でもあった。

「店へ行けば、百五十両ほどならば」

「だとすると、あと二百五十両か」

しばらく前に暮れ六つの鐘が鳴っていた。一刻半(約三時間)ほどの間に、金の用意をしなくてはならない。

喜音屋の縁者を呼び、嶋津が金子の話を伝えた。川路屋だけが、金を負担するべきものではない。

「それは」

魂消たらしい。すぐには声も出ない。二人は顔を見合わせた。

「明日ならばともかく、四つまでとなると、うちはせいぜい二、三十両で」

二人は口をそろえた。

「渡してしまう金ではない。見せるだけのものだ」

「とはいっても」

助けてほしいと言ってきたときのような元気はない。見せるだけにしても、四百両は大金だ。

「仮に奪われても、喜音屋では、金を返すことはできるであろう」

嶋津が言った。渡して逃がすつもりはないが、見せ金は必要だった。

「くそっ。あいつら、一人百両ずつ懐にするつもりか」

寅之助が絞り出すような声を漏らした。

赤子の命の危機に、文蔵はすぐに百両を出すと告げた。

「欲を出しやがったな」

嶋津が言った。

「四百でも出すと踏んだわけですね」

これは蔦次郎だ。

「しかしそれで、他の人質に手を出さないと言ったわけではありません」

不満そうなのは正吉だ。四百両を盗ったところで、都合が悪くなれば人質には手をかけるだろう。

「ともあれ店に戻って、金を集めます」

文蔵は言った。あと二百五十両、集めなくてはならない。四つまでというのが厳しい。

「私らも、当たります」

親類二人も、金策に向かった。たとえ出す気があっても、今すぐと告げられて応じられるかどうかは分からない。

「この間に、動きはなかろうな。油断をしているやもしれぬ」

これは河崎だ。己の指図が早すぎたことは分かっていない。今からでも、襲いたい気配があった。

「ともあれ、金子を揃えてもらおう。手渡すときに、何かできるかもしれぬ」

角次郎は言った。

五

「私も、お供をします」

正吉が、店へ戻る文蔵に告げた。道々何が起こるか分からない。用心棒のつもりだった。

母子を奪い返したいし、事件は解決させたい。ただその心のもとをたどれば、お波津に行き着く。

先ほど姿を見せたお波津は、緊張して、顔は強張(こわば)っていた。けれども他の人質たちのように、怯(おび)え切っているわけではなかった。賊の一人が先頭に立って、母子らを引き連れて喜音屋から出てきた。

縄打たれていても、お多代と赤子を守ろうという姿勢に見えた。

すべてを無事に救い出したいが、それでも目を向けていたのはお波津だった。その動きからは、片時も目を離さなかった。

凜(りん)として美しかった。正吉はそれを、激しい胸の痛みと共に見詰めた。

老若や男女の別もない。ぎりぎりの場に置かれて腹を決めた者の顔だった。

「死なせてはいけない」

と思ったのは、大黒屋の跡取り娘だからではなかった。心の臓が、きりきりと痛んだ。初めてのことだ。

自分には大金を動かす力はないが、文蔵を命懸けて守る。そういう気概だった。それがお波津を守ることになるという考えだ。

「あいつら、算盤を弾きやがって」

正吉は盗賊たちを罵ったが、不満に思ったわけではなかった。

「金に弱いやつらだ」

と感じただけである。四百両ができれば、渡す渡さないは別として、やつらには隙ができる。金を手にしたらしたで、ここから早く逃げようという焦りの気持ちは大きくなるはずだった。

「となれば」

文蔵には、金を作ってもらわなくてはならない。万一を考えて、供をすると腹を決めた。

自分が大黒屋の婿になれるかどうかは分からない。無視しえない競争相手がいる。それを忘れてはいないが、ともあれ今はお波津を守りたかった。

文蔵の実家川路屋は、店こそ閉じていたが、建物から明かりが漏れていた。戸を叩くと、すぐに中から反応があった。

事の成り行きを案じて、続報をはらはらしながら待っている様子だった。店の土間に入ると、すぐに主人が姿を見せた。文蔵は、手早く状況を伝えた。

「そうか。無事に生まれたか」

主人夫婦は、まず無事に赤子が生まれたことを喜んだ。

「しかしな」

そうなるとなおさら、この先のことが気になるらしかった。すぐに顔を曇らせた。

文蔵が、求められた金子のことを伝えた。

「二百両は何とかなる。しかしその先だな」

主人はため息を吐いた。百五十両ほどしか工面できないかと思っていたが、どうにか二百両までは川路屋でかき集められそうだ。赤子は川路屋の子なのは明らかだから、守ろうという気概はあった。

「四つの鐘が鳴るまでか」

急がなくてはならない。とはいえ四つまでに四百両を揃えるのは、大店でも容易なことではなさそうだった。

「せめて明日でいいなら」

主人は言った。ただ見せ金なのは間違いない。

「高砂町の杉野屋さんへ行ったらどうか。事情を話せば、力になってくれるのではないか」

店の一番の取引先だという。

「分かりました」

文蔵と正吉は、夜の江戸の町を駆けた。今ある二百両は、川路屋で運ぶ。夜の道は、酔っぱらいが通りを歩いているばかりだ。

「そうですか。喜音屋さんには、お多代さんがおいでだったのですね」

杉野屋の主人は、事件のことは知っていた。明日までのことと、貸してくれと頼んだ。ここでは五十両を出した。

そして続く二軒では、三十両と二十五両を出した。どちらも気持ちよく金子を出した。証文も取らなかった。

「よかったですね」

まだ四つにはならない。正吉の言葉に、文蔵は強張りを残した顔で頷いた。

文蔵の懐には、百五両があった。小網町の喜音屋へ急ぐ。

夜の道では、明かりを灯しているのは小料理屋や居酒屋くらいのものだ。飲食をさせる店がない町は、木戸を潜ると真っ暗になる。

足早に行くと、ふらふらっと黒い影が一つ、目の前に現れた。酔っぱらいらしい。

「ああっ」

慌てていた文蔵は、その男と肩がぶつかった。

「あいすみません」

声をかけると、そのまま行き過ぎようとした。だがその前に、新たな男が闇から現れて、前を塞いだ。三人だ。

「肩がぶつかった。ろくに謝りもしねえで、行っちまおうってえわけか」

「ちと、急いでいたもので」

立ち止まった文蔵は、頭を下げた。急いているから、少しでも早く先へ行きたい気持ちが表れていた。

「うるせえ。だから何だってえんだ」

破落戸たちは、絡むつもりらしかった。身構えている。それを察した文蔵は、後ずさりをした。

懐にある大金を、着物の上から手で押さえた。盗られてはたまらないという気持ちだ。

「ほう。懐にお宝があるようだな」

「詫(わ)びのしるしに、ちょいとばかりいただこうか」

「そうだ。それがいい」

目をぎらつかせた。四つの刻限が、迫ってきている。こんなやつらを、相手にしている暇はなかった。

「行ってください」

正吉は、道を塞いでいた男の一人を、力の限り突き飛ばした。

「すまない」

文蔵は走り抜けた。

「このやろ」

追おうとする者たちの前に、正吉は立ち塞がった。相手は合わせて四人だが、襲ってくるならば、抗(あらが)うしかなかった。

「舐(な)めやがって」

横にいた男の拳(こぶし)が、こちらの顎(あご)を目がけて飛んできた。速い動きだ。正吉は、その手首を摑んで捩じり上げ、足を払った。

腕をさらに引いて、相手の体を地べたに叩きつけた。容赦はしなかった。

しかし直後には、違う男の拳が、正吉の腹に突き刺さった。避ける暇はなかった。

続けて太腿に、蹴りも入れられた。

今度は正吉の体が、地べたに転がった。

「くそっ」

殴られ蹴られして転ばされたが、それで正吉の怒りは抑えきれないものになった。

もう痛さなど感じない。続いて蹴ってきた足を摑んで、それを両手で払い上げた。

ふらついた体を押して、横の男にぶつけた。

「何をしやがる」

男たちが慌てている間に、正吉は立ち上がった。

しこたま殴られたが、相手は酔っぱらいだった。

殴りかかろうとしてきた相手の腕を摑むと、これも捩じり上げた。そして力の限り突き飛ばした。

起き上がった男の一人が、懐から匕首を出した。しかしその時には、正吉は男の斜め前に出て、両肩を摑んでいた。前に引きながら、腹を膝で蹴り上げた。

「うわっ」

匕首が地べたに落ちた。男たちは逃げ出した。

飲み代を稼ごうとした相手に、これまでの怒りをぶつけた正吉が、後れを取ることはなかった。こちらの気迫が優った。

そこで正吉は、小網町目がけて駆けた。頭に浮かぶのは、お波津の面影だった。

六

文蔵が、青ざめた顔で乾物屋へ入った。息を切らせている。

「破落戸に絡まれました」

百五両を懐から出しながら、角次郎やその場にいた者たちに伝えた。正吉が残っていると訴えた。相手は四人だ。

「そうか」

金が無事なのは幸いだが、そのままには捨て置けない。蔦次郎は善太郎や寅之助と共に、絡まれたという場所へ向かった。

走って行くと、髪を乱し着崩れた姿で駆けてくる正吉と出会った。

「無事だったか」

善太郎が声をかけた。

「はい」

顔は腫れ、着物は破れている。泥もこびりついていた。しかし正吉は、かえって盗賊たちに闘志を燃やしていた。

一人で四人を相手にしたのである。正吉の意気込みに、蔦次郎は胸を突かれた。並大抵のことではないと思うからだ。

ともあれ角次郎らがいる乾物屋へ戻ることにする。

「金は、揃ったのでしょうか」

正吉が、善太郎に問いかけていた。自分が殴られ蹴られしたことなど、取るに足らないという口ぶりだった。

文蔵だけでなく、喜音屋の縁者も金策に回っているはずだった。ただ今夜すぐに、という話である。

「知り合いにあたって三十両が何とかなったようだ」

善太郎が答えた。

さらに、縁者二人のそれぞれの店でも二十両と三十両が工面できたとのこと。

「すると十五両が、まだ足りませんね」

「いかにもだが、これは大黒屋が出す。お波津も捕らえられているわけだからな」

蔦次郎の胸に、「お波津」という言葉が染みた。

お波津の婿候補は自分だけだと思っていたが、今度の事件でそうではなさそうだと気がついた。まずは正吉がいる。口には出さないが、お波津の件があるから、体を張って事に当たっていた。

げんに今も、四人を相手にして文蔵を逃がした。自分にできるかと考えた。

お波津は囚われの身でありながら、お多代母子を守ろうと、精いっぱいのことをしている。こうしている今も、母子を守るために、賊たちに何かを言っているかもしれなかった。

わずかな間だが店から出てくる姿を目にした。

「強い人だ」

と感じた。ただ蔦次郎は、お波津が強いだけの人でないのは分かっていた。

銀次郎と別れたことで、お波津は一皮も二皮も剝けて大人になったと言う者がいる。そうかもしれないが、何かしらの悲しみは抱えている。しかし自棄にもならず、今は古い友達のために力を尽くそうとしていた。

力になりたい気持ちは、恋情とは別に蔦次郎の胸の奥で育っていた。

「お金は、戸川屋から運びましょう。その方が、本所へ行くよりも近いです」

刻限は、五つ半をとうに過ぎている。急がなくてはならなかった。

「それができるならば、そうしてもらおう」

あくまでも見せ金だ。戸川屋へ足を向けた。正吉は、黙ってついて来る。声をかけようとしたが、できなかった。

「おお、どうなったかね」

店に入ると、戸川屋の夫婦や跡取りも、まだ寝ていなかった。起きていて、事の成り行きについて案じていた様子だった。

「帰って来たんじゃあ、なかったのかい」

母親は、本音を漏らした。危ないことは、してほしくないのだ。蔦次郎は、胸が痛かった。

事情を話すと、父親はためらいなく十五両を差し出した。

「これで人質が助かるならば、安いものだ」

そう言った。

「蔦次郎を、守ってくださいませ」

両親は案じている。母が正吉に声をかけた。

「これで、四百両が調ったな」

集まった小判を風呂敷の上に並べて、嶋津が言った。行燈の明かりが、山吹色の山を照らした。

一同息を詰めて見た。

寅之助も、固唾を呑んだ。人の命がかかっているとはいえ、一刻半ほどでこれだけの金子が集まるのは大したものだと感心した。

大身旗本でも、年貢米の徴収があった直後ならばともかく、これだけの金子を備えているところは少ない。喜音屋の厄難のために、商人たちが力を合わせている。

金ではないが、非力なはずのお波津も、お多代と赤子を守るために尽力をしていた。物の売買だけではない商人の結束力というものに、思いをいたした。

米の仕入れと販売という羽前屋の商いに関わり、武家暮らしとは違う緊迫感と面白さを知った。しかしそれだけではない、何かが起こったときに、店と人を守るために動く商人の底力を目の当たりにした。

商は、武よりも下とは言えない。

武を捨てて商に身を投じたい気持ちは、動かしがたいものになってきた。角次郎や善太郎もそうだった。その気持ちを、今は察することができる。

「それにしても四百両というのは、ずいぶん重いですね」

「そうだな。喜音屋から奪ったものを合わせると五百十両、一人で運ぶのはたいへんだ」

寅之助の言葉に、善太郎が応じた。

「持っていたら、襲われても戦えませんね」

「一人が持つならば、運ぶだけで手いっぱいでしょう」

蔦次郎や正吉も意見を言った。

「やつらの動きが、鈍くなるということだ」

嶋津は頷(うなず)いた。誰か一人に持たせれば、その者は戦力外になる。

「人質に持たせるのでは」

「しかしそうなると、殺しにくくなるのでは」

「そこを狙いましょうか」

「いや殺すのは、小判を持った者は選ばないだろう」

蔦次郎、正吉、寅之助が話し、善太郎が応じた。そうやって、あれこれ考えを出し合った。

「そろそろ、夜四つの鐘が鳴るぞ」

ここで小判を風呂敷に包んで、蔦次郎と正吉に持たせた。嶋津を先頭に、三人は表の河岸道に立った。嶋津は松明をかざしている。

「おい紋次」

嶋津が声をかけると、待つほどもなく二階の窓が開かれた。そのまま続けた。

「金子を用意したぞ。出てきて数を検めろ」

蔦次郎がそこで、風呂敷の結びを解いた。

嶋津が、風呂敷の小判を松明の明かりで照らした。山吹色の塊が、闇の中に浮かび上がった。

七

「やつらは、金を用意してくるか」

助十が言った。人質たちが置かれている店の板の間の奥、帳場に当たるところに、紋次と孫がいた。文蔵とのやり取りを終えて、間もない頃だ。

亀と梅次郎は、表と裏の見張りをしている。

「くるだろうな。ただ素直には渡すめえよ」

「おれたちが小判に目が眩（くら）んでいる間に、攻めてくるかもしれねぇ」

紋次と孫が返事をした。

「そんなことをしたら、真っ先に餓鬼を殺してやる」

助十がいきり立った。

縄を打たれたままのお波津にはどうすることもできないが、賊たちのやり取りには耳をそばだてた。ただおおむねは、人質たちには聞こえないところで話をしていた。

どちらにせよ、夜四つ以降には外へ出る。ただ金ができない場合には、賊たちは間違いなく赤子を殺すだろうと思った。

それでもまだ、人質はいる。事あるたびに一人ずつ殺して、逃げ延びる腹なんだろうと考えた。

ただ文蔵は、四百両を用意するとお波津は見ていた。川路屋が全額を出せなければ、足りない分は大黒屋や羽前屋が出す。

お多代は赤子には、用意していた綿入れを着させた。それについては、文句を言われなかった。助十に奪われかけてひとしきり赤子は泣いたが、お多代に抱かれて今は眠っている。

百両の件についての文蔵の応答は、お多代を泣かせ、盗賊たちへのお波津の怒りを掻き立てた。殺してやりたいとさえ思った。

そしてじりじりと、ときが過ぎるのを待った。

「四百両ができても」

お波津は胸の内で呟いた。それでどうなるかは分からなかった。外からは、夜風の音しか聞こえない。じりじりとしながら、嶋津らの反応を待った。

「おい紋次」

そろそろ四つの鐘が鳴ろうかという頃に、嶋津から声がかかった。紋次と孫が二階に上がった。

「金子を用意したぞ。出てきて数を検めろ」

と告げていた。

「行け」

二階から降りてきた紋次は、河岸道を見張っていた亀に命じた。頷いた亀は、二人の小僧の縄を解いた。それでも腰縄は外さない。端を握って、もう一方の手には抜身の長脇差があった。

潜り戸を開けた。手が微かに震えて、亀は緊張しているのがわかった。出て行けば、いきなり殺されると思ったのかもしれない。小僧二人は、風呂敷の小判を運ぶ役だ。

「何かあったら、迷わず小僧を殺せ」

紋次が言った。小僧二人を先に出し、刃を向けた亀がその後に続いた。

嶋津と蔦次郎、正吉の三人は小判から離れた。傍らに、松明だけ残した。

見ていると、潜り戸から人が出てきた。長脇差を手にした賊と喜音屋の小僧らしい二人だ。怯える二人を、賊は背後から乱暴に押した。

松明の明かりで、小判のありかはすぐに分かった。小僧たちは、恐る恐る風呂敷ごと手に取った。

縄尻を摑んでいた賊が引くと、そのまま店の潜り戸へ戻った。三人が入ると、戸は閉められた。

「小判を、数えるのでしょうね」

正吉が、誰にともなく口にした。枚数は間違いない。それでも、多少の間がかかった。

焦れ始めた頃、二階の窓が開いた。

「金子は、確かに受け取った」

紋次が言った。新しい松明を手にした嶋津と文蔵が、店の前に出た。

「では、赤子を返してくださいまし」

文蔵が懇願した。

「殺さねえ、と言っただけだ。返すとは、言っていねえ」

「そ、そんな」

紋次はもう、文蔵には取り合わなかった。嶋津に声をかけた。

「今度こそ、無駄なことはするな。すれば、近くの者を片っ端から殺す」

紋次が叫んだ。これから喜音屋を出ると告げていた。

「明かりはどうする」

「前よりも多くつけろ。捕り方が潜めねえように」

「分かった」

引き下がった嶋津は、高張提灯と篝火の用意をした。もちろん、火をつけない龕灯も忘れない。

「善太郎と寅之助は、船着場の土手の闇に伏せろ」

追跡用の小舟や逃走を妨害するための船も用意した。

「はっ」

二人は闇を選んで、乾物屋から離れて行った。正吉は蔦次郎と同じく、突棒を手にした。掌が、汗で濡れている。

固唾を呑んで見守るうちに、喜音屋の潜り戸が開かれた。

まず出てきたのは、お波津と雪江だった。縄尻を握っている賊が、周囲に目をやった。不穏な気配を感じたら、握っている長脇差で、どちらかを刺そうという企みだと思われた。

正吉は、賊の顔を睨みつけた。鼻から下を布で覆っているが、男は三十歳くらいかと思われた。だとすれば、助十だろう。

そして次は、赤子を抱いたお多代の腰縄を握った賊だった。これは若そうだ。

「梅次郎だな」

と判断した。助十よりも緊張している。何かあったら、赤子を殺せと告げられているのかもしれない。

次に誰が出てくるか待った。

「おおっ」

見張っていた者たちは、ここで息を呑んだ。他の者が、続いて出てこないからだ。

「どうしたことだ」

蔦次郎の呟きが、耳に入った。

正吉は、お波津の動きに目を留めた。先ほどとは微かに動きが違う。賊の方は変わらない。

「お波津さんは、小判を体に巻いているのではないか」

呟いていた。

「うむ。五百両ではないが、そうかもしれぬ」

聞き取った角次郎が言った。

「やつら、分けて人質に持たせたか」

嶋津が続けた。はっきりはしない。金属である小判は、百枚、二百枚となればそれなりに重い。

ともあれ、喜音屋から出てきた者の動きを見詰めた。

先頭のお波津と雪江が河岸道から船着場への坂道へかかるところで、次の一団が出てきた。喜音屋の奉公人たちで、縄尻を摑んでいるのは亀助あたりかと思われた。

またしてもやや間を空けて、喜利衛門とお楽が続いた。縄尻を取っているのは歳からして孫吉だろう。そして最後に出てきたのが、紋次だった。人質は連れていない。

何かあったら、そこへ動くのだろう。

「どうする。このまま逃がすのか」

先頭の助十らは、船着場へ着きそうだった。じれた河崎が、声を上げた。ただ前にはうまくいかなかったから、もう自分から指図はしない。嶋津に押し付けるつもりだ。

「どこが襲われても、他の賊が人質を襲える形にしているのだろう」

「ならばそれぞれ同時に、襲うしかあるまい」

まずは一人一人の賊を、初めの予定通り、捕り方三人でかかる。嶋津が河岸道に飛び出すと、手にした松明を振った。

声は出さず、これが攻撃の合図だった。

「おい、孫吉」

ほぼ同時に、角次郎が叫んだ。孫吉が顔を向けた。名を呼ばれるのは驚きだろう。

ただ表には気持ちを出さなかった。

向こうが何か言おうとする前に、言葉を続けた。

「その方が極悪人のままで終われば、おりくと玉吉は恨むであろうな。心を入れ替えるつもりはないか」

「何だと」

孫吉は、明らかに動揺したらしかった。他の賊たちもだ。動きが止まっている。なぜそんなことを、捕り方は知っているのかという驚きだ。

その賊たちの一瞬の動揺を、角次郎は逃さない。主人夫婦の縄を握る孫吉に、小柄を投げた。

動揺があった孫吉の動きは、寸刻遅れた。小柄を撥ね返すことができなかった。捕り縄を握る左の二の腕に刺さった。潜んでいた捕り方が、襲い掛かった。

わずかに遅れて、井坂が亀助に向けて小柄を投げていた。

「うわっ」

亀助が声を上げた。小柄は長脇差を握る手の甲を掠った。避けようとしたが、できなかった。それで体がぐらついた。

駆け寄った井坂は亀助の太腿を蹴飛ばすと、地べたに転がした。起き上がらない内に、人質たちを繋いでいた縄を裁ち切った。これには、潜んでいた益次郎も加わっていた。

「逃げろ」

と井坂が叫んだ。縄さえ解ければ、それぞれ闇の中に駆け込める。

嶋津が小柄を投げた相手は、梅次郎だ。これは肩を掠めた。長脇差は落とさなかったが、握っていた腰縄を手から離した。驚いたのだろう。

あわてて縄を手に取ろうとしたが、そこに捕り方が襲い掛かった。

「わあっ」

梅次郎は叫びながら、長脇差をがむしゃらに振った。捕り方は後ろへ引いた。

そして闇の中から、文蔵が走り出てきた。

「お多代、ついてこい」

叫びながら、慎重に、しかし手早く赤子を抱き取った。そのまま駆けようとしたが、そこへ紋次が現れた。長脇差をお多代に向けて振り上げた。

「何の」

飛び出した嶋津は、長脇差を払い上げた。予想した襲撃だ。前には出させない。

その間に、文蔵らは闇に向かって駆けた。

しかしこれを追う賊がいた。亀助だった。

井坂に転がされた亀助は、起き上がったところで、赤子を抱いて走り去る文蔵とお多代を目にしたらしかった。

幼い赤子を抱いた身では、文蔵は速くは走れない。すぐに追い詰められた。

「わああっ」

ここで見ているばかりだった正吉が我に返った。亀助を追いかけるが、もう間に合わない。

「やっ」

そこで正吉は、手にあった突棒を投げた。

突棒は、亀助の足に絡んだ。亀助の体が、もんどりを打って倒れた。そこへ蔦次郎が躍りかかった。

亀助は身動きできない。蔦次郎も米屋の倅だから、膂力はあった。

正吉は、周囲を見回した。そのときには、助十やお波津の姿は見えなくなっていた。

孫吉は二の腕に刺さった小柄を、すぐに抜いた。痛みはあったが、それで怯んだわけではなかった。動揺は、ごくわずかの間に消えている。握っている長脇差の切っ先を、お楽に向けていた。

「それはさせられない」

角次郎は、孫吉に躍りかかった。刀身を背中に向けている。そのまま突き出せば、心の臓を貫く。

孫吉はお楽を刺そうとすればできた。けれどもそれをしたら、角次郎の一撃は避けられない。

孫吉は振り向くと、角次郎の刀身を払った。そして切っ先を回転させて、角次郎の肘(ひじ)を突いてきた。刀身と刀身がぶつかった。

弾(はじ)き返された刀身を、今度は二の腕を目指して突いてきた。無駄のない動きで、数々の修羅場を潜ってきた悪党の片鱗(へんりん)を感じさせた。

突き出された切っ先を、角次郎は斜め前に出ながら横に払って凌(しの)いだ。相手の左肩が目の前にあって、そこへこちらの切っ先を突き出した。

しかしその時には孫吉の体は、目の前から消えていた。そして迫ってきたのが、角次郎の肩を狙って斜めに振り落とされてきた一撃だった。いつの間にか向こうが真横に回り込んでいた。

体を回転させながら、角次郎は刀身を払い上げた。相手の上半身が、それで上に伸びた。すかさずその懐へ飛び込む。

「とう」

角次郎は刀身を峰に返しながら、胴を抜いた。肋骨が折れる感触が、手に伝わってきた。

「ううっ」

孫吉の体が、地べたに崩れ落ちた。

お多代に向けて振り下ろされた紋次の一撃を、嶋津は払い上げた。一息する間でも遅れたら、肩をざっくりとやられていたところだった。

「このやろ」

邪魔をされた紋次は、憤怒の目を嶋津に向けた。そしてわずかに刀身を引いてから、嶋津の喉を目指して突いてきた。

前に出て払おうとすると、切っ先の角度を変えて肘を突いてきた。一瞬の間だ。嶋津はこれを撥ね上げた。

そのまま相手の小手を打つべく、さらに前に出た。

ここで紋次は体を斜め後ろに飛ばした。嶋津はかまわず、切っ先を敵の小手を目指して突き出した。

行けるかと思ったが、切っ先は空を突いただけだった。紋次は、半間ほども後ろに下がっていた。なかなかの瞬発力だ。

このときすぐ近くで、孫吉が倒されたことが分かった。目は向けなくても、呻き声で分かった。すでに亀助は捕らえていた。

しかしお波津や雪江を連れた助十がどうなっているかは不明だった。梅次郎の姿も、いつの間にか見えなくなっている。

ただ喜音屋の前の河岸道にはいない。得物を手にした捕り方が、周囲を囲んでいる。人質の姿も、今はない。

「おのれっ」

孫吉を倒されたことで、紋次の切っ先に明らかな動揺が表れた。それを隙と見た嶋津は攻め込んだ。前に踏み込んで上段から刀身を振り下ろした。

「やっ」

その一撃は払われた。けれどもそれは、織り込み済みだった。嶋津が払われた刀身の角度を変えて、相手の肩に振り下ろした。

殺すつもりはないから、峰に変えている。これは見事に入った。鎖骨が折れる感触が手に伝わった。

前のめりに、紋次が倒れた。周囲にいた捕り方たちが、これに襲い掛かった。その中には、蔦次郎や正吉の姿もあった。

八

日本橋川の闇の土手に潜んでいた善太郎は、寅之助と共に人質を連れた賊たちが、船着場へ下りてゆくのを目で追っていた。

船着場に明かりはないから、先頭にいるお波津と雪江、縄尻を摑んだ賊の三人が、闇の中に紛れ込んで行くように見えた。

ただ河岸道は明るかったから、賊の顔や姿はよく見えた。

「あれは、助十でしょうね」

寅之助が言った。顔に布を巻いていても、目の周囲は隠せない。そこを見て、歳から判断をしたのである。

そして角次郎が、孫吉に声をかけたのが分かった。江戸を追われた女房と倅の名を出すことで動揺させる手立ては、前もって決めていた。

　土手からは見えなくても、それで捕り方が襲い掛かったのは、乱れた足音や掛け声で分かった。

　お多代と赤子には井坂が当たり、嶋津が助勢に当たる。

「人質との間を空けたのは、こちらの人数を分けるためでしょうか」

「確かに、数では圧倒しているからな」

　寅之助の言葉に、善太郎が応じた。

　河岸道での乱闘が始まると、善太郎も助十に小柄を投げようと身構えた。けれどもその体の前に、雪江が立っていた。どこかに移動して投げようとしたが、闇の土手には適当な身の置き場がなかった。

　機を失してしまった。他でも土手に控えていた捕り方が得物を手に、声を上げていた。

　助十は、ここで雪江を迫ってきた捕り方へ向けて突き飛ばした。

「うわっ」

　捕り方はそれでわずかにたじろいだ。得物を突き出せなかった。

　その間に助十は、お波津だけを船着場の端に連れ出していた。傍には逃走用の舟が舫(もや)ってある。

善太郎が寅之助と駆け付けたのは、この場面でだった。

「寄るな。それ以上寄れば、こいつの命はないぞ」

「何の」

善太郎も寅之助も、抜身の刀を握っている。打ちかかることはできた。しかし二人とも、体は動かなかった。

助十は、身を守る態勢を一切見せない。こちらが打ち掛かれば、その時は躊躇(ためら)わずお波津を殺すという決意を見せていた。それが追い詰められた己の身を守る唯一の手立てだと、分かっているらしかった。

このとき、黒い影が駆け込んできた。お波津の体を抱えると、舟の中に押し倒した。黒装束の賊だ。舟は左右に揺れたが、舫ってあるので横転はしなかった。

賊は艪(ろ)を握った。

「よし」

助十も、すぐに舟に乗り込んだ。そして艫綱(ともづな)を外した。それと同時に艪が軋(きし)み音を立てて、舟は水面(みなも)を滑り出た。

「おおっ」

捕り方が声を上げた。

三人を乗せた舟は、大川方面へ向かって行く。艪捌き(さば)は巧みだった。川面(かわも)の闇の中に潜り込んで行く。

「漕(こ)いでいるのは、梅次郎あたりでしょうか」

寅之助が言った。

「追うぞ」

船着場の隅に、追跡用の舟を置いていた。善太郎は、寅之助と共に乗り込んだ。善太郎が艫綱を外すと、寅之助が漕いだ。舟には、龕灯(がんどう)を用意していた。

明かりをつけると、善太郎が逃げてゆく船を照らした。

逃走をする舟を照らしたのは、この明かりだけではなかった。河岸の道に潜んでいた捕り方も照らした。

箱崎川(はこざきがわ)に架かる崩橋(くずればし)の際まで来た。ここには逃走を妨げるための船を舫っていた。万一のことを考えて、嶋津が置いていた。

その舟が、逃げる舟の前を防ぐように置かれた。

「これで、舟を停められますね」

寅之助が声を漏らしたとき、激しい衝撃音があった。ざぶりと水も撥(は)ね散ってい船頭だけが乗っていた。塞いだ舟は空船だった。助十らを乗せた舟は、現れた舟を避けなかった。

ぶつかった舟の方が小振りだったが、勢いがついていた。

空船は転覆したが、賊の舟は揺れながらも先に進んだ。水を被ったのは間違いないが、それで済んだ。梅次郎の艪捌きは見事だった。

そのまま箱崎川へ入った。

追って行く善太郎の舟も、箱崎川へ入った。賊を追いかける舟は、他にもあった。土手に寄せていた舟だ。ここにも捕り方が伏せていた。

「くそっ。このままでは、大川に出てしまうぞ」

善太郎は呻いた。それまでに、少しでも距離を縮めておきたかった。寅之助は、必死になって漕いでいる。

けれども龕灯で照らす舟は、徐々に遠ざかってゆく。もう一艘の捕り方の舟も、遅れ気味だった。

「ああ」

寅之助が声を上げた。お波津を乗せた賊の舟は、とうとう大川に出てしまった。

船首を川上に向けていた。

流れに逆らう形だが、舟の勢いはまったく衰えない。

こちらの舟も、大川に出た。揺れが大きくなったが、気にしない。闇の大川だ。この刻限では、明かりを灯す舟は見当たらなかった。両岸の町明かりも、ほとんど見えなかった。

賊の舟は、新大橋を潜った。

ここらあたりまでは、龕灯で船影を捉えることができていた。しかしともすると、闇に紛れてしまいそうになった。

善太郎は目を凝らす。けれども新大橋を潜ってしばらく進んだあたりでは、後ろ姿を確認できなくなった。

目の前にあるのは、闇の川面だ。捕り方の舟が追いかけてきた。

「賊の船が見えません」

声をかけてきた。

「ともあれ、進もう」

両国橋を過ぎるあたりまでやって来た。龕灯で照らしても、船影は窺えない。明かりのない河岸は、寝静まっているかに見えた。

「あれは」

川上から下ってくる舟があった。明かりを灯している。寅之助が舟を近づけた。

現れたのは、行徳河岸の船宿の舟だった。

乗っていたのは、船頭の他に旦那ふうと幇間らしい男の二人だった。幇間は、三味線を手にしていた。吉原帰りだと分かった。

「人が二人、もしくは三人乗った不審な舟を見かけなかったですか」

善太郎が問いかけた。三人と限定しなかったのは、お波津を藁筵などで隠したかもしれないと考えたからだ。

「気がつきませんでしたねえ」

幇間が返し、旦那ふうも頷いた。舟はそのまま行ってしまった。

なすすべがない。このまま進んでも、切りがないように感じられた。

九

「ど、どうしましょう」

寅之助が呻いた。善太郎と二人で乗る小舟が、闇の大川の波に揺られている。吹き付ける川風が、膚に冷たく刺さるような気がした。

「そうだな」

善太郎にも、見当がつかない。

お波津を乗せた助十の舟は、新大橋を潜りさらに川上へ向かった。分かるのはそれだけだった。そのまま大川を上って両国橋や大川橋の先へ行ったか、神田川や竪川へ入ったか、はたまた途中の船着場で降りたか、判断のしようがない。

どれもありそうな気がした。ただ、見失ったでは帰れなかった。

「いずれ人気のない場所ではあるでしょうが」

「だが下手なところへ入ると、騒がれるからな」

夜も、いつかは明ける。怖れるのは、邪魔だとしてお波津を殺してしまうことだった。逃げ切ったとなれば、もう利用価値はない。いや、お波津をどこかへ売り飛ばすか。

「せめてどこかに、置き去りにしてくれたらいいのですが」

寅之助は言ったが、それは助十のやり口としてはなさそうだった。必ず何かに利用する。

「助十が頼れそうな、あるいは使いそうな場所はどこだろうか」

善太郎は呟きながら考えた。攫った後、人質を置けそうな場所だ。

「そうですねえ」

寅之助も首を捻った。助十について分かっていることは、そう多くはない。もう一度、頭の中で当たってみた。

「あいつは、房州無宿だったな」

「はい。人足寄場へ入れられたこともありました」

寅之助は昼に蔦次郎とともに、石川島の人足寄場まで足を延ばしていた。助十の人となりを訊きに行ったのである。

「人付き合いは悪かったという話だな」

「ええ。しかし仙太なる同郷の者がいたと話していましたね」

「そうだった。山谷堀の北河岸にある浅草新町の紙漉きの親方のところで働いているという話だった」

寅之助に言われて思い出した。

「何年か前に、酒を奢られたような」

「だとすると、助十はそこへ行ったかもしれないぞ」

確証はないが、今思いつくのは、そこしかなかった。

浅草新町は大川橋を越えた先で、山谷堀を入った北河岸にある町である。南河岸は吉原へ通じる日本堤となっていて床店などが並び、昼夜人の通りは多い場所だった。しかし山谷堀も北側の町へ行くと、田圃や寺などがあって、長閑な界隈となる。

「仙太は紙漉きの親方のところにいて、母屋から離れた倉庫で暮らしているとのことでした」

「そこならば、お波津を連れて数日身を隠すのに都合がよさそうだな」

他には思い浮かばない。そのまま舟を、川上に向けることにした。この段階で、もう一艘の捕り方の舟とははぐれてしまっていた。

今戸橋を潜り、山谷堀へ入る。すでに夜も更けて町木戸は閉まっていたが、吉原あたりには明かりが灯っていた。

日本堤にも、屋台店がまだ明かりを灯していた。遊びの後の一杯を飲ませる店か。引き上げる客のための舟も、まだあった。

浅草新町の船着場で、善太郎は寅之助と共に舟から降りた。千住街道に出る新鳥越橋の手前である。町は闇に覆われていた。

木戸番小屋があったので、そこへ行った。

居眠りをしている老番人がいて、善太郎は起こして銭を与えた。名を名乗り、紙漉きの仙太が町内にいるかどうか尋ねた。

「いますよ。あそこの家です」

指差しをされたが、おぼろげに建物の影が窺えるだけだった。仙太の暮らしぶりについて尋ねた。

「浅草紙を作る家の職人ですが、若い者の世話も焼きます。気のいい人で、街道の掃除や溝浚(どぶさら)いでも、出てきてよく働きますよ」

堅気で暮らしている模様だった。今は、母屋で寝起きしているらしい。

「夜更けになってから、不審な男が訪ねてきませんでしたか」

すでに町木戸は閉まっている。通るならば、声をかけて開けてもらわなくてはならない。

「ありませんよ」

あっさり言われた。ならば助十は来ていないかと考えたが、念のため訊(き)いてみた。

「町木戸を通らなくても、町内に入ることはできますか」

「できますよ。空き地や空家もありますから」

町内の者が酔っ払って帰ってきて、面倒なので町木戸を使わず家に帰るのは珍しくないと教えられた。

それならば、舟から降りて賊二人とお波津が、夜半に町に入ることはできただろう。闇を選んで歩けば、人に気づかれることもない。

「古紙やできた紙を置く小屋があると聞いたが」

「ありますよ。親方の家の、通りを隔てた向かい側です」

空き地の中に建てられているのだそうな。

そこまで聞いてから、親方の家へ行った。

「夜分にすみません」

大きな音は立てずに、戸を叩(たた)いた。出てきたのは、十代後半の若い衆だった。

「今日は寝付いてから、二度も人がやって来た」

若い衆は、ぼやいた。寝ているのを起こされて、不満らしかった。善太郎は、多めの銭を握らせた。

「仙太さんを訪ねて来たのですね」

「そうです。三十歳くらいの、黒っぽい身なりをした人です。古い知り合いという感じでした」

仙太は出かけて行った。

「酒でも飲むのではないでしょうか」

山谷堀の向こうへ行けば、酒を飲ませる店はあるとのことだった。

「訪ねた者は、道の向こうの古紙を置く小屋に泊まるのか」

「そんな話をしていました」

ここまで聞いて、善太郎と寅之助は顔を見合わせた。訪ねて来たのは助十で、梅次郎やお波津がいるのは間違いないと踏んだ。

「起こしてすみませんでした」

謝って、親方の家を出た。

「助十がいないならば、小屋にいるのは梅次郎とお波津さんだけですね」

寅之助の声が弾んでいる。

「そうなるな」

お波津さえ取り返してしまえば、助十や梅次郎などどうにでもなる。善太郎は寅之助と共に、足音を消し、周囲に目をやりながら慎重に小屋に近づいた。

戸は閉まっている。壁に隙間があって、善太郎はそこに目を当てた。微(かす)かな明りが窺(うかが)えた。そこからは古紙の束しか見えなかったので、場所を変えた。

すると男の後ろ姿が見えた。黒ずくめの姿だが、顔に布は巻いていなかった。横を向いたところで、顔が見えた。年齢からして、梅次郎だと思われた。

さらに場所を変えて覗き見し、お波津の顔を確かめた。助十はいない。寅之助も、中を確かめた。

「ならば、助十が戻る前にけりをつけよう」

やや離れた闇の中で善太郎と寅之助は打ち合わせた。出入り口に石を投げて梅次郎を誘き出す。

「梅次郎を捕らえてお波津を奪い返せば、こちらのものだ」

善太郎が小屋の前に立った。

小石を拾うと、小屋の戸にそれを投げつけた。耳を澄まして反応を窺う。梅次郎が顔を出せば、飛び込む覚悟だった。

人が動く気配があった。

戸が小さな軋み音を立てて、内側から開けられた。善太郎が抜いていた長脇差で飛び込もうとしたその時、背後から人が現れた。

「てめえ」

声と同時に、長脇差を抜いた男が躍りかかってきた。助十が戻って来てしまったようだ。

戸は内側から閉められた。梅次郎は、異変に気付いたらしかった。

助十の一撃が、善太郎の脳天を襲ってきた。気合いが入っていて、勢いがあった。振り向いた善太郎は前に出ながら、刀身を撥ね上げた。そのまま小手を打とうとしたが、逃げられた。回転した向こうの切っ先が、こちらの胸を目がけて突き出されてきた。躊躇いのない動きだった。

「何の」

迫ってきた刀身を前に出ながら払い上げた善太郎は、相手の肘を突いた。しかしその動きは察していたようで、体を横に飛ばした。

そこで善太郎は、刀身を横に薙いだ。善太郎は直心影流免許の腕前である。しかし助十は、身を引いてこれを躱して、こちらの小手を突いてきた。

喧嘩剣法だが、侮れない力を持っていた。

素早い動きだが、善太郎の小手を打つまでにはいかなかった。動きを察していたので、切っ先が突き出されたときには、横に回り込んでいた。

「とう」

善太郎は、刀身を上から叩いた。それで長脇差が、手から離れて地べたに落ちた。

そこで小手を打とうとしたとき、背後から声が上がった。

「刀を捨てろ。でないと、女が死ぬぞ」

それで善太郎の動きが止まった。振り返ると、縛られたお波津を抱え込んで、梅次郎が長脇差の切っ先を首に当てていた。

「おのれっ」

「そうだ。刀を捨てろ」

助十も声を上げた。そして落とした長脇差を拾い上げた。

しかしこのときだ。闇の中にいた寅之助が横から飛び出して、梅次郎の腰を蹴った。ほぼ同時に刀も突き出していて、その切っ先が梅次郎の二の腕に突き刺さっていた。

梅次郎の体がお波津から離れて、地べたに転がった。その上に、寅之助が躍りかかった。

善太郎も、じっとしてはいない。長脇差を拾って身構えようとしている助十の二の腕を目指して斬りつけた。

「うわっ」

助十が声を上げ、今度は長脇差が宙に飛んだ。

善太郎は腕に止血をしてやった上で、刀の下げ緒で縛り上げた。梅次郎も、寅之助に腕を捩じり上げられていた。身動きができない。

ちた。

「怪我はないか」

そう言いながら、善太郎はお波津の縄を解いた。すると小判が、地べたに零れ落

「こいつら、私に百両を持たせていたの」

お波津が言った。

賊たちは、手にした五百両を、百両ずつ五人の人質の縄の奥に押し込んでいた。捕り方が襲ってくるのは間違いないと踏んで、自分たちは身軽にしていたのである。

梅次郎も縛り上げた。逃走に使った舟で、一同は小網町へ向かった。

「寅之助さん、ありがとう」

お波津は、善太郎には言わなかったが、寅之助には礼の言葉を口にした。

「いや」

寅之助は、困惑の様子で漕いでいる艪に力を入れた。

十

怪我をしている紋次と孫吉には、応急手当てをした上で嶋津が縄をかけた。どち

らも骨を折る大怪我だが、容赦はしない。

亀助は蔦次郎に殴られた程度で、軽傷だった。しかし助十と梅次郎、そしてお波津の姿は見当たらなかった。

「助十らは」

嶋津は捕らえた三人の賊に質した。

「知らねえ。あいつは分け前を持って、勝手に逃げたはずだ」

紋次と孫吉、亀助もそう答えた。

「隠すと、ためにならぬぞ」

折れた骨に力を加えて痛めつけたが、同じ言葉を繰り返すだけだった。亀助も同様だった。

喜利衛門ら人質だった者に訊くと、そんな打ち合わせをしていたようだという証言があった。

縄を解かれた喜利衛門や番頭万兵衛、また女中のおまつや小僧の体から小判が零れ落ちた。金を括りつけた人質は、最後まで連れて行くつもりだったと亀助が答えた。他の者は盾にする。

「助十と梅次郎、それにお波津の行方が分からないわけだな」

　これは嶋津にしたら、断腸の思いだろう。川を見張っていた捕り方から、善太郎と寅之助の舟が、逃げる舟を追ったという報告は受けていた。

「善太郎らの働きを、待つしかあるまい」

　角次郎は応じた。

　そこへ善太郎と寅之助が、捕らえた賊二人とお波津を伴って小網町へ戻ってきた。

「ああ、お波津さん」

　蔦次郎と正吉が駆け寄った。

「赤子は、無事でしたか」

　お波津は何よりも、それが気になっていたらしかった。

「蔦次郎と正吉が、力を合わせて守ったぞ」

　嶋津が話した。

「よかった。ありがとう」

　ほっとした様子で、お波津は蔦次郎と正吉に礼の言葉を口にした。

「お波津さんに、怪我はありませんでしたか」

　蔦次郎が尋ねた。正吉が、しげしげとお波津の顔を見つめた。

「腫れていますね」

「あら」

お波津は困った顔をした。

「亀助に、ぶたれたんです」

「許せませんね」

腹を立てた正吉は亀助のもとへ向かおうとしたが、蔦次郎が腕を摑んで止めた。

「腹立ちは分かりますが、捕らえた者に意趣返しの乱暴をしてはいけませんよ」

と告げられると、照れたような顔になった。

「囚われの身でありながら、よく必要なことを知らせてよこした」

ここで角次郎がねぎらった。父親として、ほっとした様子があった。

奪われた金子は、初めの百十両も含めてすべて回収された。夜が明けたら、借りた相手に、返しに行ける。

「舟に乗り込むまでの間に襲えと命じたわしの指図が、功を奏したではないか」

河崎は誇らしげに口にしたが、返事をした者はいなかった。捕らえた賊たちは、大番屋へ移す。紋次と孫吉は、戸板に乗せた。

大番屋の一室では、嶋津と河崎、井坂を交えて問い質しが行われた。

まず梅次郎からだ。声をかけたのは、嶋津である。

商家を襲い、人質を取って金を奪った。言い訳はできないから、梅次郎は素直に問い質しに応じた。

「七年前に水戸（みと）城下で、紋次さんと孫吉さんに、拾ってもらいました」

親を亡くして、浮浪児だったところを拾われた。歳を経て、見張りと逃走の折の船頭役を担うようになった。

「すると当初は、紋次と孫吉が二人で盗み働きをしていたのだな」

「そうです」

助十と亀助は、今回初めて加わった。

「賭場（とば）で出会った亀助が、古い知り合いの夏吉（なつきち）ってえやつから、喜音屋の話を聞いたんです」

「それであれこれ調べたわけだな」

その調べに気づいて、嶋津ら捕り方は備えをしていた。うまくいきかけたが、人質を取られ立て籠（こ）もらせてしまったのである。

指揮を執ったのは紋次だが、孫吉は、すべての者から一目置かれていたそうな。

次に孫吉に問い質しを行った。これも神妙だった。

深川の料理屋扇屋の板前だったこと、若旦那を半殺しの目に遭わせて、二十一両を奪って逃げたことも白状した。盗賊として捕らえられた以上、死罪は免れないと判断してのことだろう。

「その方には、女房や子がいたはずだが、会えたのか」

嶋津が問いかけた。

「いや。どうしていやすかねえ」

孫吉は、無念そうな顔をした。そして問いかけてきた。

「あっしの女房と倅の名を告げてきて、驚きましたぜ。いったいどうやって、知ったんですかね」

他にも、賊の名を知っていた。なぜかと紋次と話したそうな。

五人は名乗って押し込んだわけではない。驚いたのは、当然だっただろう。

「それはな。お波津という娘が、雪隠から投げ文で知らせてよこしたのだ」

「なるほど、腹の据わった娘だと思いやしたぜ」

頷きながら、孫吉は返した。

十八年前に、若旦那の放蕩で若い頃から修業した料理屋が潰れかけ、金二十一両を奪って逃げた。そこも、喜音屋から米を仕入れていた。

女房おりくと当時四歳だった倅玉吉がいたが、捨てて逃げた。

「連れて逃げようと思ったんですがね。家には捕り方が来ていると考えて、近寄れなかった」

後になって、二人の行方を捜したが、見つからなかった。口には出さないが、心のどこかで自分を責めている様子があった。

だから角次郎の声掛けに、動揺をしたのだ。

「赤子は殺したくなかったが、情をかけるつもりはなかった。かけていたら、おれたち盗人稼業は、続けていられねえ」

と言った。

「倅が生まれたばかりのことを、思い出したのではないか」

「さあ。どうですかねえ」

言葉を濁した。

「口では酷いことを言ったけど、孫吉は話せば分かるような気がした」

お波津は口にしていた。

ただ何があろうと、やってしまったことは取り返しがつかない。江戸を出た後、関八州でなした悪事については、一切口を割らなかった。

「首を刎ねてくださいまし」

と頭を下げた。

紋次は、あっけらかんとしていた。孫吉となした関八州での盗みについても、自白をした。

「年に、二、三百両くらいは、稼いでいたんじゃねえですかね」

悪びれない。小さなものは、もう覚えてもいないと付け足した。

初めから不貞腐れていたのは助十だった。

「どうにでもしやがれ」

何を言っても「殺せ」と口にするばかり。

「しかしな。世の中、酷い者ばかりではないぞ」

「……………」

「紙漉きの仙太は、最後までその方を疑っていなかった。小屋を使わせただけで、酒を飲ましてくれたと喜んでいた」

「ふん」

「あの者は、その方が商いでうまくいったと考えて、本心から喜んでいたのだ」

それを聞いた助十は、一瞬体を強張らせた。しかしそれについて、何かを言ったわけではなかった。賊たちの獄門は、間違いなかった。

十一

事件が解決した翌々日、寅之助が、半日大村屋敷へ帰らせてほしいと頼んできた。

「かまいませんよ」

善太郎は帰らせた。すでに師走になっていて、店では正月用の糯米の販売も始まって、忙しくなってきたところだった。掛け取りの集金もある。

しかし半日くらいなら、どうということはなかった。もともと大村家からの手伝いだった。

そして戻ってきた寅之助は、善太郎とお稲を前にして、膝を揃えて座った。覚悟を決めたという顔で頭を下げ、口を開いた。

「私を、羽前屋に奉公させてくださいまし」

武家を捨てるという話だった。気配はあったから、驚きはしなかった。

「大村様は、お許しなので」

武家奉公をしていたら、そこははっきりさせなくてはならない。

「はい。しっかりやれと、仰せられました」

「ならばそれでよいでしょう」

帳付けはできるし、客への対応も武家を鼻にかけることはなかった。手代として受け入れるが、気になったので問いかけた。

「商人になろうと腹を決めたのは、何をもってか」

迷いはあったに違いない。すると寅之助は、わずかに迷う顔をしたが、すぐにはっきりと口を開いた。

「お波津さまです」

「ほう」

仰天して、お稲と顔を見合わせた。婿にという話は、お稲としたことはあるが、大黒屋の者にも伝えたことはなかった。もちろん寅之助にもだ。

「動じない心の強さ、感服いたしました」

「強かったからか」

「いいえ。浅草新町の小屋では、怯えていました。一人になって、殺されるかもしれないという虞を感じていた様子です」

「そうかもしれないいな」

賊たちにしてみれば、逃げ出せた以上、生かしておく意味はない。それを察していたのだろう。

「喜音屋でも、体が震えるようなことは、あったと思われます」

「それはそうですね」

お稲が返した。お波津の性質は、誰よりも分かっている。

「己が怖いときでも、他人を守るために強く振る舞える。並の女子ではありません」

「ううむ」

恋情を持ったのとは違う。人としての胆力に惹かれたらしかった。

妹をそこまで褒められて、善太郎は困惑した。また寅之助は、商人の絆ということも、武家に劣らないと付け足した。

「追加の四百両を求められたとき、一刻半ほどの間に集めることができました。見せ金といえども、見事でございました。これまでの商いで、信じられると思うからこそ出したのでございましょう」

けれども一番胸に染みたのは、お波津らしかった。お波津の話をするときは、様子が違った。

何であれ寅之助は、実家の中里家とは縁を切り、羽前屋の手代として町人になる。

その日から、正式に奉公人としての暮らしを始めた。

「今はお波津さんを、商人として憧れる目で見ているだけです」

寅之助の様子を見ながら、お稲が善太郎に言った。

「そうだな」

「でもそのうちに、恋情に変わるかもしれませんよ」

と告げられて、善太郎は頷かざるを得なかった。時間の問題かもしれない。

「いやすでに、どこかに気持ちが芽生えているかもしれないぞ」

「ええ。ただ自分では、その気持ちに気づいていないようです」

寅之助は、武骨者だ。

「ならば、大黒屋の婿にもなれますね」

お稲が続けた。夫婦は、軽い気持ちで話していた。競争相手は他に二人いる。どうなるかは、分からない。


善太郎は、仕入れに関する所用があって大黒屋へ足を向けた。ここでも、注文を受けた糯米が、運び出されていた。

正月用の餅は、大店や職人の家では若い衆が搗くが、裏店住まいの者たちは舂米屋（や）や菓子舗から切り餅を買った。

善太郎は手土産に、船橋屋織江（ふなばしやおりえ）の練羊羹（ねりようかん）を抱えていた。常にはそういうことをしないが、この日は特別だった。お波津をねぎらうつもりがあったからだ。好物だ。

店に行くとお波津は、百文買いの客の相手をしていた。顔なじみの裏店の女房だ。

「たいへんだったねえ」

「ええ、怖かったですよ。でもね、お奉行所や助けようという方たちがいるのが分かったから、励みになりました」

強がりはしない。怖かったことは、はっきり口にした。その言葉を、帳付けをしている正吉は聞いている。

「助けようという方たち」の中には、正吉も入っていた。

事件解決の後、角次郎が、蔦次郎や正吉、寅之助の働きについてお波津に説明をしていた。

「では正吉さんは、私の投げ文を待って、ずっと臭う雪隠（せっちん）の傍にいてくれたわけですね」

言われた正吉は、困惑顔だった。着物の袖（そで）に鼻をつけた。においが移っているのではないかと気になったらしい。

蔦次郎の握り飯もありがたかったし、金子の提供も迅速だった。正吉と共に、赤子を守った。

「ありがとう」

聞いたお波津は、改めて三人に礼を言った。

ただ入り婿話について、自分から触れることは一切ない。

百文買いの客が帰ったところで、お万季が戸川屋からの使者が来たことを伝えてきた。店ではなく、奥の茶の間でだ。

「どのようなことを、言ってきましたか」

「それがね、婿入り話を進めてもらいたいとの話で」

お万季は晴れない顔をした。

「どう答えたのですか」

「答えようなんて、ありませんよ」

候補の蔦次郎と正吉は、お波津のために力を尽くした。それは誰もが認めるところだ。

「あの二人、どうやら互いが競争相手だと気がついたらしい」

「どちらも、命懸けでしたからね。感じるものが、あったのでしょうね」

善太郎は、二人の喜音屋での様子を思い出しながら答えた。

「では、剣呑な雰囲気になりましたか」

「いや、そうはならない。朝の内、蔦次郎さんが来たけど、笑いながら話していましたよ」

「なるほど」

共に命を懸けて戦った仲間だということか。

二人にはそれぞれ、よいところがある。お波津は、どちらにも取り立てて心を動かしていない。

簡単には決められない状況だった。

「うちの寅之助も、なかなか使えますよ」

善太郎は初めて、お波津の婿候補として寅之助の名を挙げた。

「そういえば」

寅之助の活躍についても、お万季は耳にしている。商いぶりについては、前にも話をした。反対はしなかった。

こうなると三つ巴だ。

「では、戸川屋の申し入れは」

「もう少し待ってもらうことになりますね」

善太郎の問いにお万季が答えた。

「そうだなあ」

と呟く。お波津の婿選びは、まだまだ決着がつかない。

本書は書き下ろしです。

新・入り婿侍商い帖

お波津の婿（二）

千野隆司

令和4年 10月25日　初版発行

発行者●堀内大示

発行●株式会社KADOKAWA
〒102-8177　東京都千代田区富士見2-13-3
電話　0570-002-301（ナビダイヤル）

角川文庫 23381

印刷所●株式会社暁印刷
製本所●本間製本株式会社

表紙画●和田三造

ISBN 978-4-04-112449-9　C0193

◇◇◇

角川文庫発刊に際して

角川源義

第二次世界大戦の敗北は、軍事力の敗北であった以上に、私たちの若い文化力の敗退であった。私たちの文化が戦争に対して如何に無力であり、単なるあだ花に過ぎなかったかを、私たちは身を以て体験し痛感した。西洋近代文化の摂取にとって、明治以後八十年の歳月は決して短かすぎたとは言えない。にもかかわらず、近代文化の伝統を確立し、自由な批判と柔軟な良識に富む文化層として自らを形成することに私たちは失敗して来た。そしてこれは、各層への文化の普及滲透を任務とする出版人の責任でもあった。

一九四五年以来、私たちは再び振出しに戻り、第一歩から踏み出すことを余儀なくされた。これは大きな不幸ではあるが、反面、これまでの混沌・未熟・歪曲の中にあった我が国の文化に秩序と確たる基礎を齎らすためには絶好の機会でもある。角川書店は、このような祖国の文化的危機にあたり、微力をも顧みず再建の礎石たるべき抱負と決意とをもって出発したが、ここに創立以来の念願を果すべく角川文庫を発刊する。これまで刊行されたあらゆる全集叢書文庫類の長所と短所とを検討し、古今東西の不朽の典籍を、良心的編集のもとに、廉価に、そして書架にふさわしい美本として、多くのひとびとに提供しようとする。しかし私たちは徒らに百科全書的な知識のジレッタントを作ることを目的とせず、あくまで祖国の文化に秩序と再建への道を示し、この文庫を角川書店の栄ある事業として、今後永久に継続発展せしめ、学芸と教養との殿堂として大成せんことを期したい。多くの読書子の愛情ある忠言と支持とによって、この希望と抱負とを完遂せしめられんことを願う。

一九四九年五月三日